晓华想要赢

魏捷　著

青岛出版集团 | 青岛出版社

图书在版编目（CIP）数据

晓华想要赢 / 魏捷著. — 青岛：青岛出版社，2022.10

ISBN 978-7-5736-0078-3

Ⅰ.①晓… Ⅱ.①魏… Ⅲ.①中篇小说—中国—当代 Ⅳ.①I247.5

中国版本图书馆CIP数据核字（2022）第032410号

XIAOHUA XIANGYAO YING

书　　名　晓华想要赢
著　　者　魏　捷
丛书策划　连建军　魏晓曦
责任编辑　张雪慧
文字编辑　王玉超
美术编辑　于　钰
封面设计　于牧云
插　　图　马新阶
出版发行　青岛出版社（青岛市崂山区海尔路182号，266061）
本社网址　http://www.qdpub.com
照　　排　青岛新华出版照排有限公司
印　　刷　三河市紫恒印装有限公司
出版日期　2023年12月第2版　2023年12月第2次印刷
开　　本　16开（710mm × 1000mm）
印　　张　7.5　　插页　8
字　　数　90千
书　　号　ISBN 978-7-5736-0078-3
定　　价　48.00元

编校印装质量、盗版监督服务电话　4006532017　0532-68068050
建议陈列类别：少儿读物

目录 Contents

第一章　电　话　001

第二章　约　定　006

第三章　足球鞋　012

第四章　练　习　016

第五章　雨中实战　022

第六章　选队长　029

第七章　第一场比赛　036

第八章　地　震　053

第九章　再　见　059

第十章　爷爷生病了　067

第十一章　冬令营　075

第十二章　进　球　094

第十三章　晓华想要赢　106

后　记　追逐梦想的少年故事　112

第一章 电 话

新年快到了，这也意味着期末考试就要来了。吃过晚饭，晓华就赶紧去洗碗。过一会儿，晓华还有重要的事情呢。

晓华卷起袖子，先用温水加上洗洁精把碗筷洗了一遍，接着，他把碗筷端去外面的水槽，再在水龙头下冲洗干净。天气转冷后，晓华就不让爷爷洗碗了，因为外面的地上冻了，有些滑，容易摔跤。这些活儿就交给自己吧。只要爷爷健健康康、平平安安的，日子就很幸福。

洗好碗筷，晓华就开始下一项忙碌——写作业。快考试了，作业比平时多了一些，不过，晓华今天在学校已经完成了不少。晓华集中心思，写好了剩下的作业。收拾书包的时候，晓华心想，这会儿说不定爸妈也在等我的电话。

这就是晓华今晚最重要的事情——给爸妈打电话。

晓华的父母远在千里之外，在大城市里打工。从地图上看，离开家乡不过两拃那么远，但晓华只能在梦里和父母相见。他们基本上只有过年的时候才回家一趟，平时如果回家的话，那一定是家里有什么重大的事情。

晓华兴奋地拨起了电话。那是家里很珍贵的东西，爸妈离开家的时候为家里置办的。鲜艳的红色，比地里的红辣椒还要红，也让简陋的小屋显得生气勃勃。晓华看见红红的电话，心里就感到暖洋洋的，因为无论何时，它都可以接通那一端的父母。

晓华总是那么想念爸妈。

晓华的爸妈在同一个建筑工地上班，爸爸当建筑工人，妈妈在工地上为大家烧饭。前几年，村里好多年轻人都远走他乡，到外面的大城市去打工挣钱。从村口望到村外，除了房屋，就是庄稼地，人们渴望随时都有钱，而不是苦等庄稼的收成。

晓华的父母也想为家里添置更多的东西，好好改善一下家里的生活。他们在晓华稍微有点懂事的时候，终于下定决心，走了出去。

短暂的响铃后，手机就接通了。

“妈妈，今天我炒了酸菜土豆丝，爷爷说很好吃。”

晓华得意地向妈妈汇报，不过，心里却暗暗决定，下次要少加点酸菜，土豆丝也要多煮一会儿。爷爷今天嚼得有点费劲呢。

“华娃子好厉害，会炒菜了！”那一头的妈妈笑了，“学校快放假了吧？”

“再过十来天就放了，”晓华回答，然后就说出了每次打电话他都会问的那句话，“妈，你和爸爸什么时候回来？”

晓华其实知道答案，快过年的时候，爸妈就会回家来，他们平时是不会回来的，除非是特殊情况。去年暑假的一天，爸妈回来了一趟，给爷爷办七十大寿，在家里开了三桌酒席。爷爷那天当了寿星，心里的自在和得意，全都哗哗地流露出来了。

“买好火车票了，回家过小年！”妈妈很开心。

“爸妈过小年就回来了！”晓华兴奋地朝爷爷喊，喊完又赶紧对着电话说了一句，“回来别忘记给我带礼物！”

“你爸早就为你买好了！”妈妈说得斩钉截铁。

晓华听出了妈妈说话时的轻松与愉快。因为提前准备好了礼物，妈妈的心里很轻松，也许妈妈还“看见”了孩子收到礼物时的愉快，天下的父母大概都是这样的。

“晓华，好好学习，别给老师添麻烦。”爸的声音越来越清晰了。是爸凑到了手机跟前来说话了呢。每次快收尾的时候，爸就要这样叮嘱晓华一番。

“知道。”晓华回答，他也没有忘记自己想说的话，“爸，你干活的时候注意安全，不要想我，不要分心。”晓华知道自己每次这么说，有点婆婆妈妈，但总是忍不住要说这几句。不说这几句，晓华的心里就会有些不安。温暖的话儿说出口，仿佛就有魔力传递出去了。

放下电话，晓华突然更想念父母了。他看了看压在玻璃板下的照片，照片上爸妈和自己都灿烂地笑着，自己还豁着一颗大门牙呢。大门牙正好是在去年春节爸妈回来的时候掉的。爸还把晓华掉了的下门牙扔到了屋顶上，妈说，这样的话，牙齿会很快长出来，而且，以后晓华也会长得高高的。

晓华用舌头轻轻舔了舔门牙，那个缝隙早就没了，门牙已经长好了。这一刻，他好像回到了过去——听，“叮”的一声，那颗爸扔向屋顶的大门牙稳稳地停在了瓦片上。

晓华想念远方的爸妈。

轻轻哈口气，都有白雾了，天真有点冷。晓华关窗户时，看见天上的星星，亮晶晶的，它们无畏寒冷，闪烁着光芒，真是勇敢。不知爸妈在大城市里看见的星星是怎样的？也有这么亮吗？

晓华躺在床上，幸福地想着自己的新年礼物，他能猜出来是什么，但是他又不想去猜。晓华想，还是留一份悬念和期待吧。迷迷糊糊中，晓华进入了梦乡……

第二章　约　定

大公鸡就是晓华家的闹钟。爷爷年纪大了，睡眠也变少了。大公鸡有时还没啼叫完，爷爷就醒来了。

“咯咯咯！”通常在鸡叫三遍后，爷爷再看看天色，估摸着就叫晓华起床。

晓华上学几乎没有迟到过。除了有一次，但那不怪大公鸡，也不怪爷爷，只能怪晓华自己。快走到学校的时候，晓华发现忘记带上设计好的阅读小报了，只好折回家去拿，虽然晓华一路都是跑着的，但等再到校时就迟到了。

今天，晓华的书包格外轻，里面只装了两三本课本和一个文具盒，那是因为今天是考试日。等考完期末考试，这个学期就宣告结束了。晓华期待着下学期，因为下学期有春季运动会，有足球比赛。

刚踏进校门，晓华就碰见了李老师。李老师是学校的体育老师，也是课余教足球的老师。

黎明小学刚刚在去年成立了足球队。李老师正好会踢足球，而且他还是学校唯一的体育老师，当足球教练义不容辞。十几个男孩都报名参加了，他们爱跑爱跳爱运动，踢足球对他们来说，实在是个好选择，可以丰富他们的课余生活。自从踢足球后，他们调皮捣蛋的事情做得也少了，学校的老师们都很支持足球队。

“刘晓华，期末考试，就看你的了！”李老师朝晓华笑着说，还做了个胜利的手势。

“谢谢李老师，”晓华微笑着回答，“我会努力！”

这是晓华和李老师之间的秘密约定。晓华知道期末考试意味着什么，那对晓华来说，非常重要。

这学期，晓华升到四年级了。开学第一天，班主任就说了，四年级是小学学习的关键时期。学习不认真的话，很快就会掉队的，一旦掉队了，再想归队就难了！

其实，每升一个年级，班主任都会这么说的。说这样的话，是为了提醒同学们时刻保持学习的紧张感，不放松对自己的要求。这也算是老师的一种策略。

晓华那天忙着呢，根本就没有听进去。他走神了，愁着足球队呢。开学前几天，晓华得知一个“坏”消息，球队的守门员亮亮跟着爸妈去外地读书了。球队没有了守门员，还能算是球队吗？！

这原本是李老师应该考虑的事情，但偏偏晓华是个热心肠，他发愁了。

到了课外足球训练的时间，晓华想到了解决方案。

“李老师，就让我来当守门员吧。”晓华说，“我个子高，手臂长，还跳得高，踢到死角的球，说不定我能扑出来。”

李老师愣了几秒，然后露出了舒展的笑容，说：“刘晓华，你来试试。”

队员们也都愣住了，他们的眼神流露出了疑惑。刘晓华可是踢前锋的，他去当守门员，实在是太可惜了。刘晓华的优点，后卫“俊娃”吴俊杰也是有的，李老师怎么会同意刘晓华当守门员呢？

“可以让吴俊杰当守门员啊，”中场“铁柱子”杨启辰说，“刘晓华踢前锋，能进球。”

“先试试再说嘛，”李老师笑了，笑得有些诡秘，“刘晓华可能也不错！”

可李老师没想到的是，这一试，却让晓华在学习上分心了。

晓华开始把精力放到当足球守门员上，他在网上搜集资料，从图书馆借这方面的书。他想从书上学习守门员都有哪些妙招可以守住大门，帮助球队取得胜利。

晓华有点着魔，他甚至渴望自己能够预见未来。如果在对手射门的那一瞬间，自己就知道球往哪个方向奔来，那扑起球来会多准确！

晓华找到了一种方法，他决定开始训练自己的预见能力。他在路上远远地看见树上有只鸟儿，就开始做预测：自己走五十步，鸟儿就会飞走。课堂上，老师叫同学回答问题，晓华就预测起来：下一个会点到自己。看电视的时候，遇到播放足球赛，刚一开球，晓华就做起了预测：谁输谁赢，比分是几比几。周末在家，早上一醒来，晓华就开始预测哪位同学今天会来找他去踢球，预测爷爷会从自家菜园摘什么菜。晓华还会在打电话的前一晚，预测妈明天会做什么菜，然后再在通电话时“检验”一下。

晓华做的这些预测大多是不准的，偶尔有几次是准的。准的那几次，晓华欢欣雀跃，好像自己的训练有收获了。可遭遇了更多的失败后，晓华慢慢悟出来了：这种训练，想要应用到足球守门上，简直是天方夜谭!

一晃就到了小测验，晓华的成绩也可想而知，从原先的名列前茅，落到平均分后面去了。

“期末考试一定要考好，足球队员可不能四肢发达、头脑简单。踢足球也要靠脑子呢。”李老师又补充道，“踢足球把学习成绩都踢下来了，以后谁还敢来踢足球呢。”

其实，小测验的试卷发下来后，晓华自己都不忍心多看，右上角的分数不再像胜利的旗帜般令人赏心悦目了。晓华现在看到的是一败涂地的“战场”了，老师的红色笔迹，像是从伤口中流出的鲜血……晓华很自责。这么糟糕的成绩，怎么向辛劳的父母交代？！

所以，等李老师的话一出口，晓华就连连点头。于是，就有了那个重要的约定。

自从约定后，晓华的心思又重新回到了学习上。

落后之后，想要赶上来，也不是那么容易的，为此，晓华没少请教同班同学李怡然。李怡然是尖子生，班上的学习委员。晓华觉得问老师太丢人，问男同学嘛，他们一下课就只顾着玩，一放学就不见了踪影，所以他喜欢问李怡然。文文静静的李怡然总是耐心地听晓华说自己不懂的地方，并能指出解题的关键，晓华立马就明白过来了。

最难的那几处弄懂了后，数学知识的链条又有序地衔接起来了，像自行车链条脱落后再装好那样，晓华的学习不卡壳了，又顺畅地转动了起来……

功夫不负有心人，当老师发下来期末考卷，晓华粗粗一看，发现能难倒自己的题目比之前少多了！

“和李老师的约定，终于能如愿实现了。”最后一门考试结束后，晓华心里有些小小的得意，“有了好成绩还可以轻轻松松地过年呢，拜年时，长辈们问起来，我能自豪地回答，像以前一样。”更让晓华激动的是，爸妈再过两三天就要回家了。

第三章　足球鞋

爸爸带回来的礼物是足球鞋！

这在晓华的意料之中，又在意料之外。意料之中的是，爸妈知道他爱踢足球，所以买的礼物肯定和足球相关。意料之外的是，去年的礼物也是一双足球鞋。

“今年的这双足球鞋高级哦，比去年那双贵。”爸对晓华说，“你看，这是皮的，去年那双是布的。听说皮的踢起来更舒服！”

妈站在一旁，充满笑意的脸上闪着亮光。这礼物是爸妈的心意啊。爸妈开心地看着晓华。

晓华开心地看着鞋。这双鞋真棒，简直让人无法抗拒！它有着和天空一样湛蓝的鞋面。晓华想象着自己穿上它，在球场上奔跑、传球、起脚，鞋到哪儿球到哪儿，球牢牢地跟着鞋走，仿佛鞋是魔力之源……

晓华把鞋放到自己的写字桌上，暗暗下定决心，一定要让自己成为优秀的足球运动员！

当然，爸妈还给爷爷买了些好吃的，大白兔奶糖、蜜枣、崇明糕。爷爷自然会给晓华吃，大白兔奶糖香香甜甜的，但蜜枣就太甜了。晓华好奇，爷爷怎么那么喜欢吃甜的。爸说，也许是之前吃的苦太多了，平衡一下嘛。大家都笑了。

除夕夜，妈做了满桌子的菜，差点都摆不下了。可以说，这是一年里最热闹的时刻，晓华端菜上桌的时候，都能感受到大家的幸福和喜悦。

鸡鸭鱼肉，应有尽有。妈说，过年就是要丰盛，不然，就没有过年的味道了。

“吃了糕，步步高，身体硬朗！”爸夹了一块崇明糕给爷爷。

爷爷笑了。爷爷一笑，人也显得年轻了。

“晓华，你也来一块，吃了糕，长得高！”爸给晓华也夹了一块。

“好嘞！”晓华说完，就大口地吃了起来，享受着爸给自己的“荣耀”。这是晓华盼望很久的场景呢。

吃好热闹的团圆饭，晓华帮着妈一起收拾碗筷，母子俩有说不完的话。不过，妈知道小孩有小孩的热闹，她让晓华出门看人家放鞭炮、放烟花。

晓华愉快地出了家门。外面好热闹，左邻右舍的孩子都在外面玩呢。小小孩手里拿着烟花棒，在小手的挥舞中，烟花亮晶晶地闪耀着。像晓华这么大的孩子，大多在放烟花弹，砰砰砰，朝着夜空，弹出一颗颗亮亮的“星星”。晓华加入到队伍中，大伙儿兴奋地玩着、乐着，这是一年里最让人放松的夜晚。

孩子们玩累了，便各自回了家。再等一会儿，要出门去附近的亲戚家，向长辈们辞岁。在一片祝福声中，长辈们还会给孩子们压岁钱。

等晓华从伯伯家辞岁回来后，一家人就围坐在一起，边看春节联欢晚会边聊天。等到新年钟声敲响后，再洗漱睡觉。洗脸的时候，爷爷说，今天不洗脸的话，一年都没有油吃。洗脚的时候，不等爷爷说，晓华就说了，今天不洗脚的话，一年的脚都是臭烘烘的。大家哈哈大笑。

这个晚上是一年中晓华家睡得最晚的一次，可是谁都不困，爷爷是笑着的，爸妈是笑着的，晓华的眼睛也亮晶晶的，大家精神得很，似乎都忘记了要去睡觉。如果没有洗漱这个环节，也许大家围坐在一起，可以一直待到天亮。心里装着快乐的人，是不会疲倦的。一家人团圆的感觉真好啊！

睡觉前，晓华拿起足球鞋看了又看，爱不释手。如果晚上能梦到踢足球那就太好了，晓华想象着自己穿着这双崭新的足球鞋奔跑在绿茵场上，脚下的小草波浪般地起伏。带球突破，闪过一人又一人，直冲禁区，起脚射门……

晓华把新鞋放好，并不打算穿，他准备留着等正式比赛时再穿。如果穿上新鞋去训练的场地，一个下午新鞋就“千疮百孔”了，这皮子怎经得住泥地的“折磨”。

第四章 练 习

爸妈没有在家过元宵节，他们要赶去上海的工地上班。

大清早，晓华就起床了，他知道今天父母启程。晓华去集市早点摊买了好吃的馍馍、油条回来，让爸妈吃饱了好出发。

“华娃子，好好听老师的话，别惹事。

“照顾好爷爷，也照顾好自己。”

吃早点的时候，爸妈又叮嘱了一番，晓华都点头答应了。

爷爷没怎么说话，吃得也比平时少。吃了碗稀饭泡油条，就放下碗筷去后院了。过了一会儿，爷爷拎着一大把葱回来了，让爸妈带着包饺子吃。

晓华拎着小行李走在最前面，爸妈拎着大行李走中间，爷爷走在后面，一家人一起去村口的公路上等车。

公路上，三三两两的，也有要出发的其他人。他们把行李放在脚边，张望着路上开来的车子，看出是自己等待的车子，就赶紧挥手示意司机停车。售票员要是挥手，那就意味着这辆车已经满载了，他们只能等待后面的车了。

在等车的时候，晓华既盼着车早点出现，又希望车晚点出现。早点出现，爸妈就不用望眼欲穿了；晚点出现，自己就可以和父母多待一会儿了。

爸妈上车后，车门就迅速地关上了。晓华和爷爷只能隔着车窗再多看几眼亲人。爸妈站稳后，立刻朝窗外的亲人挥手告别……车子徐徐开走，晓华和爷爷的视线紧紧地跟着，跟着，直到车子消失在路的尽头，再也看不见了。

晓华揉了揉眼睛，想悄悄把眼泪揉回去。刚要掉眼泪时，用这一招一般都会灵验，晓华成功尝试过好几遍了。揉回了眼泪，晓华再看看走在后面的爷爷。就这么片刻的工夫，爷爷好像衰老了一些，步伐也没有刚才那么有力了，晓华的心沉了下去。

“爷爷，我们去集市逛逛再回家吧，”晓华对爷爷说，“我要去买双袜子。”晓华心里想的是，带爷爷去集市逛逛，散散心，再遇到熟人聊聊天，爷爷就会好一点，不会一直想着出远门的爸妈了。

晓华走在前面，爷爷跟在后面，他们往集市的方向走去。今天恰好是大集，集市上挺热闹的。果然，没一会儿，爷爷就先后碰到了两个熟人，互相唠起了家常。爷爷的脸上又有了笑意，看上去不那么落寞了。趁爷爷和第三个熟人聊天的时候，晓华走进小超市买了双袜子。踢球，真的很费袜子呢。

和爷爷一样，晓华也很舍不得父母走，但又没有办法。回到家，屋子里没有了父母的身影，一下子就显得空荡荡的。晓华的心里也有点失落，仿佛缺失了什么。

幸好，住在附近的大伯要接爷爷过去吃晚饭。于是，午饭后，爷爷就去大伯家了。晓华呢，决定去河坝边的空地练练球，他还是忍不住带上了新鞋，想试一试。

晓华顺着田埂往河坝的方向走。田野上静悄悄的，远处有几只羊在地里埋头找吃的。等晓华走近了，它们就纷纷抬起头，有些惊慌地盯着晓华。晓华想逗逗这些羊，就朝羊群“咩咩咩”地叫了几声。有些内向的羊就低了头，继续找吃的；几只胆大的羊，也“咩咩咩”地叫着回应，还抖动着它们的胡子，那样子真是有趣。晓华想，这几只羊似乎很羡慕自己吧，它们只能吃草，吃草，吃草，自己还可以有别的爱好。这么一想，晓华感觉好极了。

风从四面八方吹来，立春之后，风没有那么寒了，风中有一丝暖暖的气息。再过些天，风还会吹绿大片的庄稼地。

沿着田埂拐来拐去，晓华终于来到了足球场。这是晓华自己发现的场地。小河边这一片天然的空地，正好可以用来当球场。

晓华脱下了厚外套，绕着足球场跑了几圈，做些热身活动。自从跟着李老师练习足球后，晓华感觉自己越来越专业了，比如晓华知道先做热身活动了，让全身都舒展开来再运动。

几只大鸟从头顶上空飞过，消失在对面的高山上。小时候，晓华也曾好奇地问过妈妈，山背后也有我们这样的村子吗？妈妈说，有。晓华又问，那山背后的背后的背后又有什么？妈妈笑了，说，她还没有去过那么远的地方，她也不知道。等晓华长大了，走出这些大山，可以亲自去看一看。现在，还没等到晓华长大，妈妈已经走了出去，看见了山的背后的背后的背后的世界。听妈妈讲，山外面的世界有的地方和这里一样，也有的和这里不一样。

晓华穿上爸爸带回来的新足球鞋，系好鞋带，感觉鞋子有点硬邦邦的，不如布的球鞋那么跟脚。不过，新鞋子和足球一碰，球感就蹦出来了，出球力度、速度都刚好。

晓华带球向前冲去，直入禁区，起脚，射门……这一连串的动作，不知在晓华的头脑里上演过多少次了，现在，晓华在现实中实现了真正的演练。

虽然，在真实的比赛中，不可能这般顺畅就冲到禁区，奔跑的过程中，必定有对方后卫的拦截、中场的抢断和前锋的阻扰，必定是突破重重阻碍，才可能来到前场和禁区，才有机会起脚射门，但晓华想要赢，那种想要赢的心理，给了他勇猛向前冲的力量，给了他练习这种能力的动力。

晓华换下了新鞋，又穿回了旧鞋。新鞋还是留着比赛时再穿吧，爷爷不是时常说嘛，好钢要用在刀刃上。

这个足球场没有门，没有网子，更没有守门员，

球踢出去，就一溜烟跑远了。晓华射完一脚，就得去山坡的灌木丛把球捡回来。于是，晓华决定今天就只练习带球突破，人球分过，把球突然踢到前面，然后猛地飞奔上去“抢”下；或者左右交换，左脚踢给右脚，右脚再踢给左脚；再或者训练速度，脚下带着球，飞速向前奔跑。不一会儿，晓华就热得直冒汗。

晓华脱下了毛背心，又冲锋上阵了。踢球真是有意思，牢牢把球控制在自己脚下，这种感觉实在是太酷了。

太阳快落山了，远处的山朦朦胧胧的，天边几颗星星已经蹦出来了，有一颗正在山顶上方，像是给山戴上了宝石王冠。风吹在脸上凉凉的。晓华穿好衣服，拎着足球往家走。晓华想，爸妈现在应该在火车上了，明天他们就能到目的地了。这次分别，要到明年过年再见了。等自己参加比赛踢出了好成绩，爸妈也会为自己感到骄傲的，他们的儿子出息了。

第五章　雨中实战

黎明小学要去市里踢足球比赛啦！

升旗仪式结束后，校长宣布了这个消息。这是黎明小学第一次到外面去参加足球比赛。

操场上一阵雀跃，同学们用眼神寻找着离自己最近的足球队员，不一会儿，全都找到了。同学们纷纷表达羡慕和祝贺，人群中传来了阵阵欢呼声。

李老师和足球队队员们当然是最激动的，队员们互相拍肩、击掌，但还不够，他们恨不得能生出翅膀，立刻飞去市里，去电视里才能看见的绿茵场上踢一场比赛……

课外训练时，李老师的要求更严格了。

“实战！实战！实战！”李老师下着命令，“我们要像实战一样训练自己，现在严格些，苦一些，上场后，才有机会赢！”

晓华作为前锋，当然要带头。晓华太渴望一场获胜的比赛了。

比赛场上，虽然常常挂着“友谊第一 比赛第二”的宣传标语，但任何上场比赛的人，都希望能用实力证明自己。冠军是实力的证明，也是努力的回报！

赢得几场比赛，当然是球队、李老师和学校的期望。毕竟学校的足球队才组建了一年多，能踢成什么样，大家心里都没底。但有一点大家都知道：没有平时的刻苦训练，就没有赛场上的辉煌。就像晓华的爷爷常对晓华说的那句俗话，“台上一分钟，台下十年功”。

下雨了。

山里面，有时一朵乌云飘来，就会带来一阵雨。

李老师把球员分成了两队进行比赛。大家的注意力全都在足球上，谁都没有注意到飘雨了。

足球到哪儿，球员们就朝着哪儿移动着，飞跑着。两队拼抢得很厉害，球几乎到不了前场，中场处于胶着状态。当裁判的李老师，夹在队伍中，一会儿朝东，一会儿朝西……

乌云越聚越多，雨点也越来越大了。

站在场外观战的同学们，看见场上的队员们踢得那么认真，也就不好意思撤离。“加油！”“传球！”“好样的！”助威声、吆喝声此起彼伏，回荡在球场的上空。

“飞毛腿”李勇摔倒了。

李老师吹了暂停哨。没有人犯规，是地面太滑了，“飞毛腿”如同脚踩了西瓜皮那样，哧溜一下，就失去了平衡。

队员们把“飞毛腿”围在了中间，李老师关切地问他：“还能不能动，抬起脚，转一转看。”

晓华几乎屏住呼吸了，心里一阵紧张。因为要是“飞毛腿”受伤了，可没人能代替他上场比赛。除了比赛受影响，晓华还隐隐地担心着另一个问题：“飞毛腿”的爸妈也在离家很远的地方打工，他如果受伤了，就要给家里的爷爷奶奶添麻烦了。

“飞毛腿”神情凝重地看了看大家，然后，深深地低下了头。突然，他抬起头，把腿向上慢慢抬起，抬起，再来了一个旋转……他的腿没事！飞毛腿笑了。

真是虚惊一场，大家都松了一口气。

可李老师的脸在短暂的放松后，又立刻紧绷起来：

“这雨下的正是时候，我们可以好好利用下，适应下雨天比赛的感觉。”

“飞毛腿”从地上爬了起来，大家准备继续

"战斗"！

"不过，观战的同学不必在这里陪着了。队员们在雨里找踢球的感觉，是因为足球比赛遇到下雨有可能不中断，观众却没必要站在雨中，你们回去吧！"李老师朝观战的同学们喊了几句。

观战的同学里本来有几个想回的，但李老师这么一说，反而没人愿意离开了。

大家都站在雨中，为足球队员们加油，助威！

晓华的脚下仿佛装上了风火轮，大雨也挡不住他冲锋的速度。晓华带球一连晃过了两位球员……

雨越下越大，仿佛垂下了一道道帷幕，两支球队穿梭在其间，从远处看，像在上演皮影戏，这出戏高潮迭起。

晓华起脚远射，球像炮弹一样飞了出去，眼看着，眼看着，穿过几层雨幕后，球却失去了先前的"锐利"，仿佛变"钝"了，没力气飞了，在雨地里向前慢慢滚……守门员虎子走出球门，蹲下来，轻轻松松就抱住了球。

"刘晓华，雨天踢球，不适合远射啊，"李老师的声音和雨声交织，"记住了！"

其实，李老师不说，晓华也感受到了，这是经验啊，雨地实战的宝贵经验。

“好嘞！”晓华开心地回答道。

虎子开出球来。大家也各自回到了自己的位置上，球赛继续！不过，谁都看得出，踢了一个小时后，队员们奔跑的速度都降下来了，跑不动了。毕竟这是在雨地里跑，多消耗体力啊。

李老师好像没有看出来，或者说他根本不想看出来，他趁中场发球的时候，吹了个暂停，朝大伙儿喊：“越是困难，越要坚持！加油！胜利属于顽强拼搏的人！”

球员们都很累，但谁也不想当逃兵。

中场的“铁柱子”，虽然奔跑已没有速度了，但是战斗力依然强劲。球只要到中场，他就会顽强地去拦截，尽可能不让球越过去。晓华的身体有点跑不动了，可心还在奔跑，正是靠这种意志的支撑，晓华再次冲到了前场，起脚，球对着球门奔去，但最终顺着球门边溜了……观众中爆发出一阵叹息声。

两队在大雨中踢了将近半小时，但双方都还没有进球。

“嘟——”李老师吹响了终场的哨声。队员们收住了脚步，停止了奔跑。没有进球，但他们并不感到空虚，心里反而有满满的充实感，是那种拼尽了全力后的充实感。

“大家有了这次实战的经历，”李老师一边说，一边用眼神飞快扫过了全体队员，“万一我们在比赛中碰到了下雨，大家就不会太害怕了。”

雨，真是个神奇的家伙。它点燃了斗志，可是又黏住了球。晓华心想，这可真有意思。

在李老师的挥手致谢中，观众们离场了。

晓华突然在人群中看见了李怡然。李怡然打着一把格子伞，伞下还有她的好朋友王芳。看来，她们是有备而来，一定是听到这里在踢比赛，特意赶过来看的。

李怡然的作文写得好，去年在县里举行的征文大赛中，她获了二等奖，语文老师夸了她整整一星期，校长也在升旗仪式上表扬了她。学习成绩好可以为学校争光，足球踢得好也能为学校争光，晓华是这样想的，他相信来看足球训练的同学们也会这样想。

这段时间，同学们对足球的热情高涨，都喜欢来看看足球训练。李老师还说，这样好啊，观众多了，习惯了，我们的足球队以后正式上场比赛就不怯场了呢。

李怡然她们如果来当啦啦队，那也不错。谁不想在自己的同学面前表现得更好呢？晓华真高兴，李怡然她们也来看踢球了。成为同学关注的焦点，无形地增加了晓华前进的动力。晓华望着她们渐渐远去的背影，没想到，她们突然回过了头。晓华本想扭头看别处，但来不及了，尴尬地朝她们挥起了手。笑着大声说：“你们辛苦了！”

哈哈，李怡然她们笑了，这边大伙儿也笑了。

雨渐渐停了，太阳出来了。

“今天就练习到这里！”李老师说，“下次再碰上下雨的话，我们来练习点球。”

雨后的阳光金子般明亮，披在身上，仿佛胜利的战袍。而地上那一串串脚印，最终将带着球员们走得更远更远。

第六章　选队长

足球队发展到现在，已经是一支像模像样的队伍了。守门员、前锋、中场和后卫都有了，另外还有 3 个替补队员。

足球队的训练，仿佛是学校的一道风景，常常有喜欢热闹的学生来观看、助威和加油。毕竟，足球队在期中考试后，就要代表学校去比赛了。足球队要是赢了比赛，作为黎明小学的学生，也会感到骄傲和自豪啊。

不过，这几天来观看训练的学生明显少了很多。因为马上就要期中考试了，大家比平时更用心学习了。临阵磨枪，不亮也光，谁不想考得好一点，让自己和父母脸上有光呢？

但足球队的训练次数并没有减少，因为李老师总是说，功在平时，小考小要，大考大要，不考不要。训练时间一到，确切来说还没到训练的时间，李老师就提前准备好了足球，等在那里了。

“同学们，”李老师朝大家神秘地笑，“你们想想，我们足球队现在还缺什么？”

大家互相看了看，好像没有听懂李老师的话。

缺什么？

缺足球吗？不缺。刚开始学校只有一个足球，但成立足球队后，学校就千方百计从办公经费里挤出了一点，买了五个足球。训练的时候，两两一组，足够队员们训练使用了。

缺老师吗？不缺。爱踢足球的李老师调到学校后，就在体育课上教起了踢足球。这一教，点燃了一些学生内心的火焰，他们也爱上了足球。

缺球网吗？缺！可是，这重要吗？李老师在学校的围墙上画了球门，还把球门分成了几个区，这样可以完成更精准的射门训练。这样的球门已经很奢侈了呢。再说，学校外面的那个训练基地，虽说就是一块空地，用枯树干立的球门，但一点也不影响训练。

缺什么？

大家想不出缺什么，忍不住交头接耳讨论起来。

李老师还是笑眯眯地看着大家，他并不反对大家讨论。看样子，李老师准备耐心地等待大家的讨论结果。

“李老师，”吴俊杰说，他的声音听上去不是很自信，“是缺统一的队服吗？”

这个想法是吴俊杰自己的想法，不是大家讨论的结果。吴俊杰是踢后卫的，大家都叫他“俊娃”，因为有次他奶奶来学校给他送作业本，叫他“俊娃”。从此以后大家就跟着叫了。“俊娃”一提出来，大家也觉得好像是正确答案。对啊，到现在为止，大家都没有统一的队服呢。上了场，可怎么办？

“这个是缺，”李老师笑了，“但这个不是最重要的。服装是个外在的东西，踢得不好，穿再好，也没用。”

“哟！”“铁柱子”大叫一声，“我知道了，我知道了，缺队长！”

“缺的就是这个！”李老师说，“你开窍了嘛。”

一刹那间，大家全都明白过来了。对啊，出去比赛，怎么能没有队长呢？！

可是，选谁当队长呢？

“明天训练前，大家来投票，”李老师说，“选出你们认为最合适的队长。今天晚上，大家写完作业后，都认真想一想。现在嘛，就专心训练！”

和平时的训练一样，李老师先让大家跑了几圈，做好热身运动，接着来了几组50米冲刺跑，这样可以练习爆发力。李老师说，运动是相通的，训练踢足球也不能只盯着足球，其他的练习是会有效提高同学们的足球技艺的。

训练的强度当然不会因为明天要选队长而降低，到结束的时候，每个人都快要散架了，疲倦从每一节骨头向外延伸，但他们的心里却感到安宁。因为，他们再过十来天就要去市里参加比赛啦。没有训练，到时候拿什么比呢？训练越苦，他们的心里就越感到安心。

晓华回到家，一边写作业，一边就在想：选谁当队长呢？选自己当队长？这样一心二用的时候，晓华发现数学题都不会做了，根本就没法完成作业。于是，他强迫自己不再去想选队长的事情，先专心写好作业。

等写好作业，也到了上床睡觉的时间了。晓华躺在床上，想到选队长的事情，兴奋得辗转反侧。选“冲击波”程浩当队长吧，他也是踢前锋的，几乎每场比赛，他都能进球，“冲击波”是很有威力的！可是……

还有“松树”高松，他个子高，可以抢到高点的球，有机会头球攻门。可是，自己好像也不错，大家都叫我“闪电侠”，我的速度在队里是最快的，每场比赛，我也能进球。选“飞毛腿”李勇吗？他是踢中场的，但是他能从中场为前锋“输送”妙球，为进攻创造机会，有时，还能传出妙球，让前锋直接起脚射门。杨启辰呢？他也很厉害，他是中场的“铁柱子”，他立在那里，对手就别想轻易闯过去。再想想后卫吧，“俊娃”吴俊杰，缠人的技术相当过硬。“大鸟”郭鹏，阻断的能力也不错……大家都各有各的特色，简直不知道应该选谁。晓华比来比去，反而有点拿不定主意了。

“大家想得怎么样了？”李老师笑着问，“选谁来当队长？”

李老师的话音落下，现场却是一片沉默。

看来大家都没拿定主意。

不过，这个沉默的时刻只持续了十几秒，大家就纷纷发表起自己的意见了。毕竟，每个人都是球队的一员，都为球队操着心。

在各种提议里，每个人都当上了队长。大家的想法，和晓华的想法大同小异，每个人都有当上队长的可能。

李老师一直没发表意见，他好像听得津津有味，时不时还点头表示认可。难道真的让每个人轮流当队长吗？等大家全部发表完意见后，李老师又笑着问：“有没有人想要毛遂自荐？”

李老师的话音落下，现场又是一片沉默。

这次的沉默时间已超过刚才那一阵了。是大家没想到还有这样的方式吗？还是说服自己需要一点时间？

晓华的内心在挣扎：要不要毛遂自荐呢？

就在晓华犹豫不决之际，“冲击波”自荐了！

“我来当队长，”“冲击波”说，“我可以在前场组织有效的进攻，我也争取多踢进几个球，鼓舞大家的士气。”

“冲击波”说的好像很有道理，没有人提出异议。晓华觉得“冲击波”说的话，也是自己想要说的话，这样一来，自己也没必要再毛遂自荐了。前锋当队长的确是个不错的选择。

“程浩敢于毛遂自荐，勇气可嘉，”李老师说，“说的也有几分道理，那我们就先让程浩当队长试试吧。”

大伙儿鼓起了掌，恭喜“冲击波”当队长。

那天晚上，晓华躺在床上，翻来覆去睡不着，青蛙的叫声传进了屋里，呱呱呱，仿佛在问晓华：你有什么心事吗？晓华沉默不答。偶尔，晓华还听见从公路上传来汽车的喇叭声。夜深了，这个世界还是忙忙碌碌的。要是妈在家，他一定会和妈说几句队长的事情。可爸妈在那么远的地方，不能事事让他们来操心。说给爷爷听？可爷爷已经睡了。

晓华有些失落，并不是因为程浩当了队长，自己没有当上而失落。其实，晓华也知道自己不是落选，提议他当队长的人也不少呢，“铁柱子”“冲击波”“松树”都选自己了。晓华是为自己不够勇敢而失落。既然自己也有那份带领球队赢球的信心，在关键的时候，自己也应该表现得勇敢些，像程浩那样！

蛙声阵阵，碎落在心里，晓华反而没有那么落寞了。

晓华渐渐睡着了，他梦见了山顶上方的星星，像电视里看见的球场上巨大的灯那样闪耀着，照亮了他的野地球场，他和伙伴们正在踢球……

第七章　第一场比赛

周六的清晨，大家坐上了一辆开往市里的中巴。

因为起来得太早，“大鸟”说两句话就忍不住打个呵欠，“铁柱子”也有点木木的，像是没醒过来。也许是太兴奋，昨晚入睡晚了点。看，大家的脸上还残留了丝丝睡意，有点睡眼蒙眬呢。上车前，李老师叮嘱大家，今天上午就有一场比赛，所以，大家上车后就不要叽叽喳喳了，闭目养养神吧。可大家这是第一次出去比赛，坐上车后，立刻就活跃了，交头接耳说了起来。被李老师狠狠瞪了几眼，大家才收起了兴奋，闭上眼睛，假装睡觉。过了一会儿，等李老师不再多管的时候，大家又“醒”过来了，眼睛盯着窗外，但心思都不在窗外。

去往市里的路仿佛有一光年那么长啊。公路不是特别平整，一路上有些小颠簸，如同大家忐忑不安的心，有些激动，又有些紧张。唯有李老师是真的闭着眼睛，在默默养神。

小组赛采取的是积分赛，最终小组排名的前两名才可以出线。之后就是淘汰赛，只要输了，就不能进入下一场比赛。这样的比赛是残酷的，不允许球队发挥失常，每场比赛都必须保持最佳状态，才能有机会走得更远。

大家首次代表学校出去踢比赛，都想踢出自己的水平，多赢几场，走得远一点。可是谁都知道，比赛的结果往往不会顺从人们的心意，这也造就了比赛的精彩，一切都在意料之外，变幻莫测的竞争让人永远期盼下一刻。理想与现实，将在现场“碰撞”出奇妙的火花。

周末的训练时间比较充裕，结束后，李老师会给他们看一些经典比赛的录像，一边看一边分析，分析哪里踢得好，失误又出现在哪里。分析的效果还是很显著的，一方面是真的让大家找到了差距，另一方面，每个人都感觉自己仿佛凭空就得到了技术上的长进。晓华就从中汲取到了一种心理上的力量。那些踢得好的球员，好像都有属于自己的绝技，在关键的时候，常常能派上用场，甚至是一招制胜。晓华相信，只要自己努力练习，提高技艺，一定有机会在场上发挥出实力来。

虽然，足球队有备战的压力，但毕竟还有其他吸引他们注意力的东西。看，车开进市里了，大家欢欣雀跃，被车窗外的热闹吸引。

这里的高楼明显多了，也气派多了。巴士在街道上拐来拐去，每条街看上去都是热热闹闹的，不像镇上只有一两条街道是热闹的。这一刻，晓华想起了自己的父母，他们在更加繁华的大都市。此刻，他们在忙些什么呢？而那些离开家乡去往别处的人，是怎样适应新地方的？他们在新的地方，还会常常想起自己的家乡吗？前几年，爷爷来过市里买种子，回家后爷爷就向晓华描述了城市里的繁华。晓华心里想：现在的市里是不是比爷爷记忆中的更热闹些了？早上出门时，爷爷还特意给了晓华三十元钱，让晓华见到啥想吃的就自己买。晓华本来不想收下，但又不想违背爷爷的心意，就接过了钱。

巴士经过了一家大超市。这超市看上去比镇上最大的超市还要大三圈，而且更热闹些，张贴在墙壁上的广告，花花绿绿的，一幅接一幅，让人应接不暇。晓华暗暗地想，如果踢完球赛，还有多余的时间的话，他就来逛逛，买点儿好吃的给爷爷带回去。这里的超市大，种类多，肯定能买到爷爷没吃过的好东西。

比赛是在一所条件较好的中学举行的。听说这所中学有正规的足球场。远远地，就能看见学校门口挂着的足球比赛的大红条幅。多看几眼，就不由得受到了鼓舞，热血沸腾。晓华忍不住多看了几眼，他太想踢好这场比赛了。

这次共有六支足球队参加比赛，被分成两组，抽签决定组别。黎明小学被分在了第二小组。李老师带领他们到达的时候，第一小组的第一场比赛的上半场刚结束。等这场比赛结束后，就开始第二小组的第一场比赛，黎明小学将对阵向阳小学。

一声哨音吹响，下半场比赛开始了，晓华目不转睛地盯着球场，大家也都是这样目不转睛地观看着……这是他们第一次参加比赛，之前的都是练习，是自己人和自己人踢，现在，他们眼前看到的是一场货真价实的比赛——没有谁会迁就谁，只要出现失误，就是为对手创造机会。看，红队出现了传球失误，蓝队立刻就地反抢，抢断成功之后迅速组织起进攻。虽然最后那一脚射偏了，但现场的气氛一度快要凝固，几乎人人都屏住了呼吸。

李老师让大家去换上运动服，做些热身活动，再过一会儿就要上场比赛了。大家换好衣服后在队长的带领下，做起了上场前的准备活动。晓华一边跑跑跳跳，一边在心里想：虽然现在比赛的两支球队看上去比我们要厉害些，但也有这样一句话：狭路相逢勇者胜！所以等下上场后，自己一定要表现得勇敢些，拼抢要积极主动。

终场的哨音吹响了。

红队以 2 比 1 赢了蓝队。红队来自市里第一中心小学，那是一所牌子很老的学校，足球队建队的历史是所有参赛学校中最长的，足球是他们的特色之一。如果爷爷在这儿，爷爷一定会说："姜还是老的辣！"

黎明小学的足球队一上场，观众先是愣了一下，因为刚才他们的注意力都集中在赛场上，现在才看到那么多种不同的蓝色。不同的蓝，代表着同一支球队，这种比赛队服，他们真是第一次见。

黎明小学之所以没有统一购买运动服，是因为这笔多余的开支不在大多数队员的家庭开支计划里。李老师了解到情况后，也就没有做硬性规定，只要求大家穿着方便踢球的运动服就行了。当然，李老师还是规定了一条：以蓝色为标准色。这样的话，基本能让观众看出他们是一个队的。

在别样目光的包围中，黎明小学的队员们低头看着脚下，但很快他们又纷纷把头抬了起来，因为在手叠手的仪式中，队长小声说："我们是来踢球的。"晓华笑着补充了一句："不是来选美的。"当他们抬起头露出自信的神情时，人群中的议论停止了。

所有的人都在一声哨响后，把注意力集中到了足球上。

向阳小学的球员们穿着整齐的队服，那鲜亮的黄色，看着就有王者之气。队员们看着都挺高，其中最矮的队员比黎明小学最高的"松树"也矮不了多少。

看，球已经在向阳小学球员的脚下了，他们在黎明小学的右路组织起了进攻，速度极快，黎明小学的右后卫"大鸟"眼看着球从一步之遥的地方"逃跑"了。"大鸟"刚才一定是还没进入状态。

首次上场参加比赛的黎明小学的球员们缺少比赛经验，免不了上场后出现心慌、胆怯的情况，踢得多了、久了，慢慢会好起来的。这也是任何一支球队都要面对和解决的问题。

黎明小学这次用的是“331”的阵型，“俊娃”“大鸟”和“飞毛腿”做后卫，中场由“铁柱子”“闪电侠”和“松树”担任，“冲击波”是前锋。随着场上情况的变化，“飞毛腿”会随时退回到后卫的位置上，加强接应和防守，而“松树”和“闪电侠”也随时可能向前突击，成为临时的前锋。

李老师之所以采用这个偏保守的阵型，是因为考虑到足球队是第一次出来比赛，没什么经验，想要在不丢球的情况下，遇到合适时机再组织进攻。这样做，能让队员们在心理上轻松些，更容易放开了踢，也就更有进球的可能性。

向阳小学的中场一脚长传，球到了前场，眼看就要到禁区了。球场几乎要沸腾了。这时，只见“闪电侠”飞速冲刺，没错，是晓华。晓华的速度超过了足球的移动速度，成功地把足球抢断了下来。晓华真是名不虚传啊，一下子就展露出了实力。

惊险的一幕过去了。

“大鸟”也找到了状态，开始了预判，这样子就能在险情发生前快速地做出反应。比起刚开场那会儿，“傻娃”也懂得要坚守自己的位置，不再热情洋溢地满场无效跑动了。向阳小学的快速进攻受到了牵制，两队在中场争来抢去，势均力敌。球场上的局势仿佛是无形的钟摆，一会儿摇晃到这边，一会儿摇晃到那边……

在混乱的局势中，晓华找到了突破口，他以闪电般的速度，从有些松懈下来的对方球员的脚下钩走了球，然后一个转身，带球晃过了对方又一个中场球员。现在晓华继续带球往前，速度飞快，虽然还比不上晓华内心想要的速度，但观众群里已爆发出了惊叹声，惊叹着这个队员的带球奔跑速度。

遗憾的是，球并没有踢进。

晓华太急于进球了，在离球门还有一段距离的时候，眼看对方的两名后卫准备前来左右夹击，情形危急，再不射门的话，晓华担心失去机会。于是，他起脚射门了……

球直奔大门的左边，但偏了一步的距离，球滑出了场外。

晓华呆呆地看着这一幕。

李老师在场外做了一系列手势，包含“棒、沉住气和再来”的意思，不过，晓华没有看见。

队长“冲击波”跑到晓华身旁，拍了拍晓华的肩膀。

晓华心里虽然有点失落，但他也知道，现在不是失落的时候，他必须振作起来。

僵持不下的拉锯战结束后，双方的体力也耗费得差不多了，这时，黎明小学的弱点渐渐暴露了出来。向阳小学的技术更胜一筹，他们传球的准确率更高些，这给了他们组织有效进攻的机会。而且，向阳小学采用的是“322”的阵型，偏向于进攻。黎明小学的队员们，因为进球心切，阵型开始有点乱了。

场外的李老师有些着急，用手势指挥着，但漏洞还是一个接一个地出来了，黎明小学的节奏被向阳小学的长传冲吊给打乱了。

黎明小学只能拼尽全力做好防守，或者说，他们现在的精力都用在了防守上。

上半场的哨声响了，双方都颗粒未收。

中场休息的时候，李老师给大家鼓劲，让大家集中心思，同时视野要放宽些，找到机会后就打配合快速反击。

“第一次参加这样正式的比赛，不要有包袱，踢出自己的水平就好了。”李老师说。

可偏偏就因为这是第一次参加比赛，大家才特别渴望进球，渴望赢得比赛。

其实李老师是懂的。因为他也有过第一次比赛的体验，但他知道黎明小学的实力比向阳小学要差一些，这场比赛，如果黎明小学能进球，那也算是创造奇迹了。

下半场开始了。向阳小学一上来就开始了猛烈的攻势，黎明小学有些不适应，于是，他们又开始全场向前压，尽量阻止向阳小学的攻势……

可是久攻之下，必有机会。

向阳小学进球了。

向阳小学的前锋把握住了时机，他们在禁区做了个巧妙的配合，黎明小学的前锋“冲击波”有些小心翼翼，怕犯规，而从中场的位置火速赶到的“松树”和“闪电侠”，还是晚了一点点，对方的前锋在离球门十几米的位置上起脚了，而守门员虎子显得有些犹豫，是主动出击还是留在原地守门？就在这一丝犹豫中，他们失去了战机，球朝着门的左上角径直飞去……

球进了，白色的网子轻轻颤动着，一直处于滚动中的足球，终于停了下来。

向阳小学的队员们热烈地击掌、欢快地奔跑，庆祝着这宝贵的进球，而黎明小学的队员们互相看了看，他们的眼神里流露着不甘心。虽然时间所剩不多，但还是要继续努力。

刚才有那么一小段时间，晓华感觉到体力好像不够用了，但对方进球后，晓华突然又有了力气，斗志又从心底升腾了起来，晓华想要赢，想要进球。

晓华知道要抓住最后的机会。

“视野要开阔！”李老师的话回响在耳边。

晓华的位置是在右路中场，有机会的话，他就上前充当右前锋。自从他上场不久制造了惊险一幕后，防守他的力量明显加强了。因此，只要晓华一得到球，对手立刻就围了过来。

还没来得及弄明白是怎么发生的，晓华就感到右腿一阵疼痛。没错，晓华的右腿受伤了，但晓华咬牙坚持着……

晓华不敢贪恋脚下的球，他找准了一个空当，立刻把球传给了“冲击波”，“冲击波”在奔跑中接住了球，他冲向禁区，守门员已经出来了，大门空着，“冲击波”毫不迟疑地起脚射门。这一系列的动作虽然有些跌跌撞撞，但是实现了进球。

就在球网晃动的那一刻，边裁却举起了手中的小旗。这动作大家都知道意味着什么，意味着刚才的进球无效，那是一个越位球。

黎明小学的队员们只顾着进球，忽略了其他。如果早点意识到了，或许可以破解向阳小学的越位战术。

场上出现了短暂的寂静……

观众中响起了小小的惋惜声，这么妙的一记传球，这么轻松的一脚射门，却无效。一边倒的球赛，肯定是不好看的，看球的人也想看到精彩的球赛。

等足球再回到球场上时，裁判吹响了全场比赛结束的哨声。

黎明小学的队员们默默地走出了场地，朝李老师走去。

李老师用微笑迎接他的队员们。

“你们踢得不错了，”李老师拍了拍“冲击波”说，“下午还有一场小组赛，我们先到外面去吃个陕西特色臊子面，大家收拾下东西。我们边吃边说。”

谁也没说好，谁也没说不好。

别说陕西臊子面，就是再加上北京烤鸭、湖北热干面、新疆烤全羊、扬州狮子头什么的，都激发不出队员一点点食欲。

大家跟在李老师身后，默默地走出校园。晓华走在队伍的最后面，因为他的右腿还在痛。

下午，黎明小学将迎战河坝小学，河坝小学的足球队是五年前成立的，比黎明小学早了两年，而且他们参加了上一届比赛，有比赛经验。

李老师说过，比赛不能老想着输赢，那就踢不好球了。心态放正了，更能踢出自己的水平。他希望大家放开了去踢。

晓华的右腿受伤了，李老师本来想换替补上场，但晓华坚定地说自己可以上场，大家也期待着晓华的传球和射门，于是，李老师就不再坚持了。

赛场上，大家渴望进球的心思更强烈了，踢着踢着，“331”的阵型就变成了“322”的阵型，节奏被对方带得有些乱，虽然射门的次数比上午那场多了，但颗粒无收。从统计次数上来看，“冲击波”有 7 次，

“松树”有 4 次，晓华也有 3 次，晓华少，因为晓华基本上都在传球助攻。

而河坝小学，从一上场就坚定地按照自己的节奏踢，保持着“322”的阵型，稳扎稳打，防守严密，射门果断。

在上半场快结束的时候，河坝小学踢出了一个精彩的防守反击，因为速度太快，黎明小学没来得及跟上，虎子出来想封住对方的射门角度，但对方一个配合，球就被轻巧地送进大门了。河坝小学进球了，这种先进球得分的心理优势在下半场也发挥出了作用。下半场开赛不久，黎明小学有些着急，频繁地传些远球，他们想省去中间的“跋山涉水”，直接把球运送到对方门前，给自己队友的射门制造更多的机会。机会与风险是并存的。虽然机会多了，可是有一次，“飞毛腿”的传球被河坝小学的后卫在空中拦截了，河坝小学又进球了。

渴望赢得比赛的黎明小学，在小组赛中被淘汰了。

渴望进球的晓华，颗粒未收。

晓华默默地脱下了足球鞋，那双爸爸带回家的皮质足球鞋……遗憾的是，没能让它绽放更多的风采，没能让它享受更高的荣誉。

当天晚上，李老师领着大家在市里逛了逛，还特意去了那家大超市。大家走马观花地看了一圈，最后在卖零食的区域停了下来，想着买点好吃的带回去，让家里人尝尝。晓华左看右看，最后选了一盒巧克力，因为爷爷从来没吃过。

第二天，黎明小学的队员们又来到了球场，当然，他们不是来踢比赛的，是来看小组赛之后的淘汰赛，了解一些其他球队的技术，看看能不能从他们那里学到什么东西。也许，下次有机会在赛场上相遇的话，能和他们比一比。

晓华恨不能有副望远镜，让自己看得更清楚。看别人踢球也是一种乐趣。看，黄队那位球员带球突破的动作实在是太美妙了，晓华准备回家后自己“偷偷”模仿。

这真是“山外有山，人外有人”啊，晓华第一次对这句话有了真切的体验。一直以来，队里的每个人都觉得自己的球技很厉害，队员之间的配合也不错，加之李老师花费那么多心思，给他们看一些经典比赛的录像带，还仔细讲解和分析战术，让他们觉得已经掌握了不少战术，但没想到，到了赛场上，这些战术都没能发挥出来。看来，这些球队都有“几把刷子”呢。想要赢得比赛，得有真本事……

启程回家了。

比赛的结果应该更早地就传了回去。

在周一全校的升旗仪式上，分散在各个班级里的足球队员们，有的低头看着地面，有的看着前面同学的后背，有的默默地看着台上的校长……晓华就是默默看着校长的那一个，晓华感到愧疚，校长支持他们去比赛，可面对这样的成绩，校长讲什么好呢。

听，校长还真的讲到了足球赛，晓华都不敢相信自己的耳朵，校长致上了欢迎词，欢迎足球队归来。

“同学们可能已经听说了，我们的足球队没有取得好成绩，但这是他们第一次参加比赛，这本身就已经是突破了。先学会了输，以后才可能赢嘛，只要你们不放弃，总会有进球的那一天……”

就在校长讲这段话的时候，足球队员们纷纷望向校长，他们的眼睛里闪着泪光，校长的话给了他们温暖和安慰。校长讲话的时候，同学们也纷纷看着自己班上的足球队成员。

晓华感觉到班里好多同学都在看他。大家的眼神里不带一丝指责和嘲笑。李怡然正回头看着他，李怡然那清澈的眼睛友好地看着晓华。像是在说：“唉，如果那个球没有越位的话，多好啊！”

黎明小学是一所小小的学校，全校师生加起来不到一百人，但老师和同学都很友好，让人感到温暖和舒心。晓华庆幸自己在这所小学上学。晓华爱自己的学校。

晓华看了看飘扬的国旗，他知道自己心里的旗帜也升起来了，努力，努力，努力向上，站在高处，迎接太阳。

第八章　地　震

下课铃响了，接下来要上的是体育课。李老师早就准备好了足球，只要有球，不管上课铃响没响，大家就开踢了。砰，砰，砰，朝着墙上的球门，起脚远射！

轮到晓华了，他默默确认了门的左上角位置，右脚开始发力，准备射门……一瞬间，左脚像是踩在了海绵上，软软的，又仿佛踩在波浪上，虚虚的，世界在这一刻，变得不真实了。晓华感觉整个身体要歪倒了。

呼呼呼，呼呼呼，周围的世界在晃动。

晓华意识到了，是地震！

“地震啦！”“快出来，地震啦！”此起彼伏的喊叫声从各处传来，四周弥漫着惊慌失措，空气仿佛被撕裂了。

摔倒在地上的晓华，明显感觉自己的心跳速度加快了，像是发动机发动了。

同学们从教室里涌了出来。

但地震前冲去办公室拿东西的“冲击波”，还没有出来。

晓华看见李老师往办公楼冲去，他赶紧从地上爬了起来，也冲了过去……

两层的办公楼已经有了裂缝，平时看不见的水泥的筋骨——钢筋也露了出来，粉碎的瓦砾掉落一地……楼里面的情况更是不妙，“冲击波”准备出来时，地震来了，他被困在了办公室里，柜子压在了他的腿上。

突然，又一阵晃动来了，是余震！李老师停住了脚步，后面的晓华也跟着停了下来。哗啦，哗啦，新的崩塌，新的碎裂开始了！每一个地方都在动，无规则地乱动。

他们眼睁睁地看着这一切，却无能为力，只能等待，等待这可怕的力量停下来。大概十几秒后，震动没那么强烈了，四周渐渐恢复了平静。这十几秒仿佛有一节课那么漫长，每一秒都让人提心吊胆，可怕的思绪连绵不断地袭来，晓华觉得自己的心快要碎了。

李老师也没有好到哪里去，脸上全是焦虑和担心，他的眼睛直盯着办公楼，渴望了解里面的情况，他急切地想知道“冲击波”现在怎么样。

李老师和晓华冲进了办公室，眼前的场景令人不忍直视，地上乱七八糟的，像是被龙卷风侵袭过一样，全都乱了，最要命的是——“冲击波”的腿被柜子压住了。很显然，他的右腿受伤了。当李老师和晓华发现他的时候，“冲击波”正试图推开柜子，但因为每尝试一下，他的右腿就钻心地痛，所以柜子迟迟推不开。李老师和晓华挪开了柜子，然后把“冲击波”抬到外面的空地上……

晓华用李老师的手机，给家里的爷爷打电话，但电话打不通。李老师猜测是线路坏了，让晓华不要太担心，毕竟他家里是平房，爷爷不难逃脱险境。接着，晓华就赶紧给远方的妈妈打电话，也没能打通。

晓华还是有些担心，爷爷年纪大了，动作没那么灵活，万一跑慢了……于是，晓华决定赶紧回家去看看。

地震平息后，学生和老师也都散去了，学校空荡荡的。远远看去，学校已经不像学校了，那里是一片片的瓦砾碎石，是荒凉和孤寂。

人们在空旷的地方聚集起来，急切地议论着现在的情形。

晓华心事重重地往家赶去，祈祷爷爷没事。远远地，晓华看见路上有人朝他挥手，好像是爷爷，再仔细一看，呀，真的就是爷爷！

“爷爷！”晓华朝爷爷跑去。

“华娃子，没事吧？”爷爷看见晓华，也激动起来。

“我没事！我们当时在外面上体育课，在踢球。”晓华解释道，“但我们学校的房子都震坏了，有的开裂了，有的塌了。”

回到家中，晓华拨通了妈妈的手机，铃声刚响，妈妈就接了起来。电话那边的妈妈焦急万分，之前她每隔几分钟就拨一个电话过来，因为爷爷出去了，一直没人接。这会儿的手机铃声正是妈妈盼望的，一响妈妈就接起来了。知道家人平安，爸妈也就放心了。

李老师看了晓华一眼后，把眼睛转向了别处。

“可惜的是，程浩以后恐怕不能踢球了，”李老师说，“他……”

晓华等待李老师说下去，他不想去猜想，仿佛自己的猜想会加重程浩现在的情况。但是李老师说不下去了，他紧咬着下嘴唇，好像不想由自己说出那个不幸。

外面下着小雨，帐篷里有些昏暗，大家看不清楚彼此悲伤的表情，也不能从哀伤的神情中得到安慰。不过，这样也好，伤心本来就是一个人的事，谁也说不出话来，“大鸟”默默的，“松树”也默默的。

程浩躺在病床上，他的手上还插着输液的针。

大家站在床边，不知道该说些什么。

程浩好像比大家更镇定些，他看看大家，笑了笑，说：“那还是我来说吧，大家别担心，我以后说不定还能成为足球教练呢。”

大家勉强地笑了。没想到，反而是程浩来安慰大家。这会儿，大家都不再提他的“冲击波”外号了。

程浩的腿在床单下抖了抖，晓华看见了，只有一条腿。虽然早就知道了这个情况，但晓华还是被震惊了。

从病房出来回学校，一路上，大家默默无语，就这么走着走着。

地震留下的痕迹，处处可见。

在路边的一排还矗立的房子上，有连续的齿状断裂，像是被巨大的威力扫荡过留下的伤疤。那巨大的威力，还显现在东倒西歪的建筑物上、被连根拔起的植物身上和人们悲痛的心上。

河水仍旧流淌着，它并不知道发生了什么。溅起的浪花晶莹洁白，充满激情地歌唱，又不知疲倦地碎裂，反反复复，石头都已经被浪花打磨圆润了。

大家坐在河边，默默地看着河里的一切，山的倒影、树的倒影、水中的漩涡、掠水而起的鸟儿，但又似乎什么都没看见……

第九章　再　见

新的学期开始了，晓华现在是六年级的学生了。

晓华这一届的学生，成了学校里的“大哥”。这种感觉很酷！

可在上午第一节课后，这种感觉就消失了，取而代之的是失落。晓华的心里空空荡荡的，因为班上的李怡然转学了。听说她是跟着爸爸妈妈去了深圳，以后就在那里上学。

李怡然的座位，空空的。

也许，喜欢争第一的人这时会特别开心，因为李怡然是班里的学霸，现在学霸转学了，想要争第一的人就有了机会。晓华就是这样一位有实力的竞争者。晓华的学习成绩与李怡然不相上下，不过，李怡然得第一的次数比晓华要多一些。

晓华想的可不是这些，晓华多么希望李怡然还待在这里，遇到解不出的难题的时候，可以找李怡然讨论。她总是很有耐心地去帮助他。久而久之，连晓华都学会了那种平和的心态，就像数学老师王老师说的那样，想要学得好，就得有李怡然这样的“静”气。

李怡然还在这里的话，就会维持住那种激烈的竞争氛围，而激烈的竞争才会“创造”出厉害的学霸。

但李怡然不在这里了……

放学回家后，晓华打开了文具盒的夹层，那里收藏着一张纸条。第一次比赛回来后不久，晓华感冒了，请假没去上学。第二天，李怡然给了晓华一张纸条，上面写的是他请假当天老师布置过的作业。晓华收到纸条后，回家很认真地补好了作业。补完作业后，晓华没有舍得扔掉这张纸条，把纸条收藏了起来。

再看这张纸条，晓华有些怅然若失。

李怡然怎么没有和自己打声招呼呢？说声再见也好啊。

每次看见李怡然的空座位，晓华都感到心中有块地方空落落的。尤其是当同学来问晓华学习上的问题时。大多数时候，晓华都是游刃有余的，他讲解得清清楚楚，同学听得明明白白。只是偶尔有几次，晓华没有李怡然那么厉害了，这时候，晓华无比想念以前那些时光——大家围在一起听李怡然的讲解，经过她的分析，大家就豁然开朗了。

没有了李怡然这个“解题依靠”，晓华开始琢磨起来，怎样才能把难点讲解得更明白。像练习足球那样，晓华渐渐地摸出了一点门道。现在，班上同学再问他题目时，晓华的讲解也能让同学恍然大悟了。同学们还友好地封他为“小诸葛”。

快过新年的时候，班上每位同学都收到了明信片。是李怡然寄来的。这个老班长，并没有忘记她的同学们。

大家喜滋滋地看着明信片。每个人都变得神气起来，因为感觉到有一位远方的朋友想念着自己。生活在小城镇的同学们非常渴望了解繁华都市的生活，李怡然的明信片点燃了大家的想象。

一张张明信片，有着不一样的图案，有的是城市里的雕塑、高楼、街景，有的是山水自然，有的是画家的艺术画，全都散发着别样的精彩。盯着看一会儿，它们仿佛为你打开了一扇窗，让你看到了新的天地，让你沉醉在美妙的想象中。

晓华也收到了。

晓华收到的是一张足球主题的明信片。明信片的正面是梅西在踢球，这位阿根廷足球明星是晓华的偶像。背面，是李怡然写下的祝福语——

刘晓华同学：

祝你在新的一年里，

在足球比赛中踢出自己的风采，

多进几个球！

也祝愿你的学习成绩继续名列前茅。

李怡然

晓华迅速浏览了一遍，又回头细细读了一遍又一遍。最后，晓华的目光定格在了落款上，心中再次浮现出了李怡然的形象。

这段时间，晓华已经适应了李怡然的“缺席”，他没有多余的时间去思念和悲伤。因为学校里的功课并不轻松，需要集中精力才能学好。学习落后了，心理压力更大；努力去学，反而能减轻压力。每晚睡觉前，晓华躺在床上先回忆和梳理下今天都学了什么，然后才踏实地进入梦乡。除了学习，当然还要踢球，每次的训练，晓华也总是全力以赴。技术一点一点地提高，晓华的信心也与日俱增。偶尔再想起李怡然时，晓华有种不服输的感觉，李怡然去了发达的大城市了，自己还待在小城镇，所以自己更要努力，因为自己和李怡然曾经是旗鼓相当的。

晓华想回寄一张明信片给李怡然，放学后，他跑了好几个小店，小店里都没有明信片卖，只有贺卡。他打听到，镇上的邮局也许有明信片卖。第二天，正好是星期六，晓华去了趟邮局，那里果然有明信片卖，但都是一套一套的，晓华觉得自己用不着那么多，而且晓华不喜欢那些明信片上的图案。晓华想要挑印有花儿的，最好是杜鹃花图案的明信片，可这里只有动物图案和邮票图案的。晓华放弃了明信片，决定选一张贺卡。晓华又跑了几个店，终于挑到了花朵图案的贺卡，而且是晓华想要的映山红。

这是因为李怡然提到过映山红。

上学期，老师布置了一篇作文《陪伴》，班上大部分同学都写生活中实实在在的陪伴，而李怡然在作文里，写到了远在外地的爸爸给自己的鼓励和陪伴。

记得老师朗读这篇作文的时候，教室里很安静，大家全都沉浸在李怡然的情感中。

“爸爸每个学期都会寄几本课外书给我，那些课外书放在我小小的书架上，就像春天里那一丛丛的映山红，红艳艳的，让我的世界变得明亮而多彩……”

晓华记住了李怡然的映山红。

到了春天，等映山红再开的时候，晓华想要采几枝回来，放在瓶里养着。也许，多欣赏欣赏，自己也能在作文中写出几句佳句来。

李怡然有这样的爸爸，真是有运气。听说他爸还是大学生，辞了工作去南方创业。有本事的人，都能找到自己的立足点。晓华有一丝淡淡的羡慕，但晓华还是更爱自己的父亲。老爸买的球鞋，正穿在晓华的脚上呢。老爸是多么支持自己的爱好啊。

写一张新年贺卡，怎么比写一篇作文还难。平时，再难的作文题目，晓华只要构思好了，下笔就很顺畅，如同“千树万树梨花开”。而现在，短短的几行，却不知该怎么写。实际上，是晓华思绪万千，想写的东西太多了。晓华在草稿纸上，写了，划掉；又写，又改，又划掉；再写，再改……与文字大战了七八个回合，他终于构思好并把文字抄写在了贺卡上：

李怡然同学：

新的地方有新的风景，可是，你在欣赏新风景的时候，也请不要忘了老家。

映山红开的时候，这里的山最美。

我相信你现在还是名列前茅的，估计你已经是你们班上的学习委员了吧。

再次谢谢你对我的鼓励。

祝你新年新气象，更上一层楼！

刘晓华

晓华合起贺卡，又看了看贺卡正面的那丛映山红，淡淡的水粉画中，映山红迎风开放，它们是春天的信使，预示着春天的到来！大山会醒来，大地也会跟着醒来。积聚了一个冬天的等待和希望，世界再次变得生机勃勃，欣欣向荣。

李怡然收到贺卡时，会不会因为老同学还记得她作文里写到的映山红而有一丝感动？

晓华收到明信片后，学习更加认真了，因为马上就要期末考试了。晓华想要继续考出好成绩来，说不定哪天李怡然就来信问呢。

还有，爸爸妈妈也快要回家过年了，好的成绩对父母也是莫大的安慰。他们在家就待十几天，一定要让他们开开心心的。要是再让父母为自己焦心，那实在是太不应该了。

晓华还偷偷许了个愿，如果期末考试成绩变好，等春天来了，自己就画一幅映山红的画，寄给李怡然，感谢她的激励。

有时，想到这个愿望，晓华能闻到风中飘来的花香，映山红的香。

第十章　爷爷生病了

晓华发现自己已经比爷爷高了，是爷爷变矮了吗？

不是，是自己长高了。

爷爷的背虽然有点驼，但步伐还是稳健的，神采奕奕的，看上去硬朗着呢，晓华走在爷爷身后，心里感到一丝安慰。爷爷要是有个三长两短，晓华觉得自己的心要碎了。

虽然爸爸妈妈在外地，但只要爷爷还在家，家就还像个家的样子。回到家，晓华和爷爷说起学校里的事情，爷爷听得认真极了。爷爷以前也上过学，但上学的时候没踢过足球。

爷爷在家也不闲着，除了做饭，还要下地干干农活，家里的鸡鸭猫狗也归爷爷管，虽然晓华也会帮忙，但还是以爷爷为主。

下个周末，晓华要去市里踢一场友谊赛。上次比赛，晓华给市里的专业足球教练留下了印象，他们点名邀请晓华来踢球赛。虽然只是一场友谊赛，但这场比赛也很重要，如果晓华表现得好，就有机会参加市里青少年足球俱乐部的冬令营。

自从知道这个消息，放学后，晓华总是在操场上踢一会儿球再回家。李老师在的话，还会给他开个小灶，来个一对一的过人练习。大家都觉得晓华能去市里踢球，是足球队的荣耀。

小孩子只要有一点特长，家长都很会开心。晓华足球踢得好，远在上海的爸妈也常常鼓励他呢："华娃子，好好踢哦。"他们倒不是指望晓华能踢成足球明星，但他们隐约觉得，有个正当的爱好，总比孩子迷上电子游戏好。有踢球的爱好，孩子应该不会变坏。这也让出门在外的他们放心很多，所以，晓华踢球的事情，他们一直支持。

爷爷也很支持晓华，爷爷变着花样给晓华做好吃的。爷爷说："踢球运动量大，得多吃点肉。"当然，爷爷也不是顿顿给晓华烧肉吃，但每当烧了肉，爷爷总是让晓华多挑点。爷爷还听说煮鸡蛋最有营养，每天早上都煮个鸡蛋给晓华吃，有时，晚上还煮一个。晓华告诉爷爷，一天吃一个鸡蛋就足够了，吃多了也是浪费。爷爷笑了，说知道了。但过些天，爷爷又忘记了，偶尔又多煮了鸡蛋，还说，长身体嘛，多吃一个也没关系。

晓华周末写好作业，也喜欢和爷爷一起下地干活。在菜园地里铺塑料膜、搭架子、下菜种、除草、浇水、摘菜等等。跟着爷爷时间长了，晓华也成了一把种菜的好手。

这个星期天下午，晓华跟着爷爷给黄瓜搭架子。

“晓华，你小时候最喜欢吃黄瓜。”爷爷笑着说，“一到夏天，我来菜园，你就跟着来了，要吃黄瓜。”

“我记得呢，”晓华憨憨地笑，“爷爷让我挑，我就只会挑我眼前看见的。等我懂事了，再摘的时候，您总是说，不急，走一圈看看再摘，摘大的。”

爷爷哈哈笑了。

夏天来了，满屋亮光，晓华醒来的也早。可爷爷比他还要早，等晓华下床的时候，爷爷已经准备好了早点。

这像任何一个平常的早晨，晓华匆匆吃过早点，就背着书包去上学了。中午快要放学的时候，晓华突然感到一阵心慌，总觉得有什么事情，可又想不出会是什么事情。

路边的大树，经过春天的滋养，已经有些郁郁葱葱了，不时有鸟儿飞进飞出，热热闹闹的。偶尔，还能听见几只蝉的鸣叫，它们到底“知了”什么了，一声声叫个不停。

晓华心里有点慌，他也想“知了”但又什么也不“知了”。他推开院门，里面好安静，晓华大声说：“爷爷，我回来了！”

但没有人回应他。

晓华看见了爷爷，爷爷坐在堂屋的凳子上，走近之后，晓华发现爷爷有些口齿不清，动作也显得生硬……晓华不知道爷爷怎么了，但可以确定的是，爷爷一定是生病了，要马上送爷爷去医院。

晓华赶紧唤了左邻右舍来帮忙，在邻居们的帮助下，爷爷被送到了医院。晓华打电话通知了大伯，大伯一家随后也赶来了医院。

爷爷得的是脑血栓，但幸亏抢救及时，病情基本稳定下来了，但还需要一段时间的住院治疗。

大伯说，晓华的父母在外地，就不要赶着回来了，这里由他家来照顾。大伯还让晓华去他家吃饭。不过，大伯家离学校有些远，晓华觉得不方便，晓华也不想打扰大伯一家，就婉言谢绝了大伯。而且晓华想天天去医院看爷爷，如果去大伯家吃饭的话，就没有那么多的时间了。

自从爷爷住院，晓华把踢球改成了隔天练一次。不踢球的那天，他就去医院多陪爷爷一会儿。每天看到爷爷，晓华的心也就安了。晓华还负责把爷爷的消息转达给爸妈，让他们也了解爷爷病情的变化。

爷爷的身体在慢慢好转了。

晚上，晓华一个人待在家里，但也没什么害怕的。晓华给自己打气，左邻右舍都挨着的，不用害怕。邻居们也都很关照晓华呢。晓华想，自己的困难自己能克服，因为自己是男子汉，男儿当自强！

晓华比平时更忙碌了。

大清早起来，晓华就赶紧准备鸡饲料，先把鸡喂得饱饱的，晓华还会从菜园里弄些老菜叶来给鸡做“零食”。因为下次喂它们就要等到傍晚了。

鸡吃食的时候，晓华就赶紧打开圈门，把鸭子放出来。这些鸭子四处溜达，沿着它们熟悉的小路，走到它们熟悉的水塘边，快快活活地游水，找东西吃。到了下午，鸭子自己会回来。亏得这一群鸭子懂事，让晓华省不少心。

晓华中午就在外面随便买点吃的，有时图省事，就吃点包子；有时为了少花钱，就吃碗面条。吃好饭，就匆匆回学校，趁中午的时候，多写点作业。

傍晚，从医院回来，晓华简单地做点晚饭。大伯家做了荤菜，会带到医院给晓华，晓华回来再热热就可以吃了。妈妈总是打电话嘱咐晓华再加点蔬菜到里面，不能只吃肉。妈妈的远程遥控，大部分的时候是起作用的。但有时，晓华也懒得去弄蔬菜了，他就想美美地吃一顿肉。晓华在长个儿，到了顿顿想吃肉的年纪。

再过两天，就是周末了，晓华要去市里踢那场友谊赛了。晓华为此盼望了好久，但现在他却改变了主意。这周末，大伯家里有事，不能来照顾爷爷了。这场友谊赛虽然很重要，但是跟爷爷的健康比起来，比赛就没那么重要了！爷爷还在住院，晓华想多陪陪爷爷。

“华娃子，”爷爷说，“你这个星期要去踢比赛

了吧？”

晓华没想到爷爷还记着这事。但现在晓华不可能告诉爷爷实情，爷爷要知道了，一定不会同意的。

“哦，比赛的事啊，”晓华有意用很轻松的语调来说，“老师通知说推迟了。”

“哦。”爷爷听了之后，脸上的表情放松了下来。

星期六，阳光灿烂，是个适合踢球的好天气。

晓华看看窗外的天空，想象着足球场上热火朝天的比赛，那里一定是龙腾虎跃的场面。当然，晓华更渴望自己所在的球队能赢得比赛，他似乎看见了自己球队的几次破门，真是太棒了！

此刻，晓华的心是满足的。虽然晓华人没有在现场，但他还是强烈地感受到了足球的魅力。

输液瓶中的药水，在晓华那安静的想象时光中，静静地滴落。爷爷醒来了一会儿，又睡着了。晓华不时地关注着药水的变化，等药水差不多快要滴完时，晓华就去找护士处理。

“这孩子真懂事，”护士一边换上另一瓶药水，一边夸赞起晓华，“很会照顾爷爷呢。”

病房里其他的人，也跟着夸赞晓华。

躺在床上的爷爷，这时已经醒来了，慈爱地看着晓华。

爷爷出院了。大伯本想把爷爷接到他家去，但爷爷还是想回自己的家。大伯也拗不过爷爷，只好同意了。晓华也请大伯放心，他会照顾好爷爷的。

晓华把爷爷每顿要吃的药分好，还特别用三个小药瓶装好，上面分别写上了早中晚，叮嘱爷爷按时吃药。

那一刻，晓华觉得自己很有成就感，体会到了当医生的感觉。当然，爷爷这个病人也很配合。

只要有耐心，事情就会好起来的。

除了叮嘱爷爷吃药，晓华还叮嘱了爷爷另一件事情，那就是喝水，因为晓华发现爷爷不喜欢喝水，爷爷只有在口渴的时候才想起来喝口水。水是生命之源，多喝点水，肯定有好处。

一段时间的调养后，爷爷的身体逐渐恢复了。晓华和爷爷的生活也渐渐回归了正常。

第十一章　冬令营

黎明小学收到了一份邀请函，邀请函是由市里的足球俱乐部发出的，他们想邀请刘晓华来参加冬令营。

虽然晓华缺席了那场友谊赛，但俱乐部那边了解到原因后，还特意打电话来安慰了晓华。在上一届的小学生足球联赛中，晓华没有进球，但因他传球而出现的那个越位球，给俱乐部的教练留下了印象。晓华的组织能力和射门意识，让教练看到了晓华的足球潜力。足球俱乐部想培养一批足球苗苗，尤其是晓华这样的队员——喜欢踢球又肯吃苦。

当校长把邀请函转给李老师，李老师也高兴坏了，这也是他的荣誉嘛。老师看到自己的学生有出息，当然感到自豪和骄傲。李老师就是带着这种心情，走向周五的足球训练课的。

“今天是本学期的最后一次训练课。”李老师说，“过两天，你们就放寒假了，不过，有的人还可以继续训练。”

李老师话音刚落，大家就猜了起来，很快，大家不约而同用一种兴奋的眼神看着晓华。晓华看了看大家，然后把目光投向了李老师，期待李老师能早点公布答案。

李老师笑眯眯地看着这一幕，他从口袋里掏出了信封，大家都围了过去。“市里的足球俱乐部，邀请我们的刘晓华去冬令营集训。”李老师终于宣布了这个好消息。

本学期的最后一次训练，因为这张邀请函的到来，而显得格外与众不同，他们像商量好了似的——

“大鸟”有意传球不到位，晓华只好拼命地跑动；

“铁柱子”步步紧逼，晓华使出浑身解数才带球突破；

“冲击波”和“松树”左右夹击，晓华找不到机会起脚射门……

——是恶作剧吗？

——不是。

他们“疯狂”制造难度，是想让晓华提前适应未来的“难度”。虽然邀请的不是自己，但是自己的哥儿们啊。他们也很羡慕，但比羡慕多一点的是自豪。

“虽然这个冬令营只有五天，但可以得到一些专业指导，机会难得啊，你要好好珍惜。”训练结束后，李老师对晓华说，“过两天寒潮要来了，出门穿厚点，到时我送你去城里。”

晓华开心地答应了。

黄昏时分，天色有些暗了，可晓华心里却是明亮的。这是他第一次到外面训练，走在回家的路上，晓华想着这件令人开心的事情，脚步都轻盈了……晓华飞奔回了家，把这个好消息告诉了爷爷，又打电话告诉了妈妈。

之前，晓华总是自己给自己冬训。冬季的训练是一年中最让人发愁的。天寒地冻，对晓华是个考验。摔跤倒地的话，手一碰地，就擦破皮了。更糟糕的是，没条件洗澡，只能在训练结束后，回家倒盆热水擦擦身体。爷爷总是提前烧好两壶热水，等着晓华回家用。

今年去外面冬训，可要学个绝招回来，晓华美滋滋地想着。

晓华的爸妈再过两天就回来了，比原计划提前了几天。他们请了几天假，早点回家，这样晓华也能安安心心参加冬令营，不用挂心爷爷。

晓华本不想麻烦李老师了，他觉得靠自己也可以到目的地。可李老师说，他还要顺便去办点别的事情，坚持要送晓华。晓华也就乐意接受了。被老师亲自送去参加冬令营，对晓华来说也是一种荣耀啊。

一大早，晓华背着家里最好的包出门了，那是晓华妈妈去年过年带回家的。这个红背包大，能装东西，最适合出门用了。晓华来到马路边等车。李老师说的没错，寒潮果然来了，站在马路边，晓华不停地走动，脚还是越来越冷。不一会儿，李老师也来了。

他们等来了小巴士，一路开往了他们要去的地方。

晓华是第一个来报到的，之后，在冬令营老师的带领下，晓华在宿舍里安顿好了。跟李老师挥手告别时，晓华突然有些不舍。

空荡荡的宿舍里，还会来些什么同学？晓华忽然有些紧张，他们可能都比自己厉害吧。上次的球赛上，他们都踢得很好，有的队员每场都能进球。自己也要加油啊，晓华默默鼓励自己。

等到中午的时候，前来报到的同学都到齐了。一共有20个。因为在上次的赛场上见过，晓华对这些同学有印象。

大家待在一起，热热闹闹的，不一会儿，就互相熟悉了。

下午，冬令营的足球教练来了。

“大家好，”早上管报到的老师介绍到，“这是足球冬令营的王教练，他这几天带着大家上足球课……”

“教练”，晓华听到这个称谓觉得好专业，心里一阵激动。李老师也教他们踢足球，但从来没用过“教练”这个称呼。

王教练有着典型的运动员身材，健壮、魁梧，脸微微的黑，他迅速扫视了一下大家，犀利的眼神中，又透出点点的柔和。和李老师比起来，王教练微笑的时间不长，轻轻一笑就收住了，这让王教练看上去酷多了。

王教练说，足球不是光练习踢球，要触类旁通，想要提高足球技艺，相关的练习是必要的。晓华记得李老师也是这么说的，但李老师没时间让大家做太多的相关练习，因为大家都是抽课余时间进行训练，没那么多时间可用呢。

于是，在热身运动后，王教练布置了一系列的练习，比如，蛙跳、蛇形跑、折返跑、50 米冲刺等等。刚开始大家都很兴奋，可几组训练下来，感觉整个人都快要散架了。

晓华咬牙坚持着，自己可是“闪电侠”，在 50 米冲刺中一定不能辜负这称号。

口哨吹响，最后一组的冲刺练习开始了。

看！大伙儿都努力往前冲去，像离弦之箭，如脱缰之马。

谁都想要赢得第一，证明自己的能力。

晓华是名副其实的“闪电侠”，他起跑时慢了一点点，但他迅速就追了上去，而且越来越快。晓华在小组里第一个冲到了终点。跑在第二的是“大牛”，他也很厉害，只比晓华慢了一点点。

晓华听到他的同学叫他“大牛”，估计他是真的有些“牛”。晓华想起来，上次看过他们学校和向阳小学的比赛，大牛是右前锋，那场比赛，大牛踢进了一个点球。回忆起那一幕后，晓华也不由得心生敬意，朝大牛看去。大牛正蹲在地上绑鞋带。呀，原来他的鞋带松了。晓华才明白，刚刚的竞争是“不公平”的。

还没等晓华和大牛说句话，王教练就宣布开始足球练习。幸运的是，晓华和大牛被分在了一组。他们开始做传球练习，两个人慢慢熟悉起来，陌生感渐渐消失，脚下的足球也越来越听话了。晓华感觉到大牛传出的球很有力，也增加了自己的传球力度……

王教练巡视着，时不时纠正着队员们传球的动作。经过高强度的训练，大家身体有些疲惫，但心里却很欢快，踢球实在太有意思了。

练习好定点传球后，接着王教练让大家练习跑动球。

冬天的阳光温柔又明媚，照耀着奔跑的少年们，他们脚下的足球也跟着他们的心在奔驰。这画面生动流畅，充满了无穷的张力。你如果站在这里观看，也会被深深感染，你还会发现少年们的眼睛亮晶晶的，他们追逐着足球，也许，不仅仅是在运动身体，更是在释放内心的活力……

王教练宣布最后一项练习是定点射门，而且还要记成绩。

“记录一下成绩，可以让你们有一种身临比赛现场的感觉，珍惜每一次射门的机会，不大意、不草率。”王教练说话简短有力。

不知道别的同学的体力是不是还跟得上，晓华的脸红扑扑的，像是要燃烧起来，额角的头发被汗水浸湿了，身体里每一个细胞都想停下来休息一会儿……以前在学校的时候，训练时间不会超过一个小时，李老师带着大家踢足球，主要是为了丰富大家的课余活动，大家踢得放松又愉快，没想着要去争夺比赛的名次。后来，大家越踢越有兴趣，有机会出来比赛，才发现想要踢得更好，必须要有赢的念头。踢赢了，兴趣也就更浓了。专业训练和业余训练真是不一样，晓华有一点点领悟到了。

晓华做了几次深呼吸，慢慢调整自己的状态。

同学们一个个仿佛在踢世界杯，细心地放好球，认真地助跑，用力起脚射门……球进了，欢欣雀跃；没踢中，紧绷着脸，默默无语。

大牛踢完，就轮到晓华定点射门了。

大牛果然牛，5 个点球只射失 1 个，而且射失的那个，角度很刁，踢在了右边的门柱上。

晓华为大牛鼓掌，小组里其他人也为大牛鼓掌。

晓华也想踢得像大牛那样好。

晓华把球放稳，助跑了一小段，接着起脚射门，用力把球朝大门的左上角踢去。这是晓华最擅长的角度。守门员跟晓华不熟悉，当然不了解晓华的特点，他是凭着自己的感觉来判断方向的，他朝右边扑去，扑空了。

旗开得胜，晓华心里有点小小的得意。成功的感觉真好，好像力量又回来了，但晓华并没有让自己沉浸其中。晓华暂时把成功的喜悦放在了一边，全神贯注地踢下一个球。晓华知道，射门的时候，不能分神，球和人心是相通的，一旦分神，球就会偏离目标。

第 2 个球，晓华踢得很正，但力量很大，守门员碰到球后，球还在旋转……守门员不小心脱手，球进了。

第 3 个球，晓华没压住球，踢得高了，球从大门上方飞走了。

第 4 个球，晓华把球踢向了大门的右侧，守门员虽然方向判断正确，但球速太快，还没来得及碰到球，球就进了。

第5个球，晓华又尝试了自己擅长的左上角方位，但守门员这次仿佛有预感，早有防备，认准了方向，一下就把球扑了出来。

五个球进了三个，是很不错的成绩了，大牛为晓华鼓掌，小组里的其他人也为晓华鼓掌。

今天，排小组第一的是大牛。

晓华输得心服口服，自己已经尽力了。

吃过晚饭，洗好澡，原本晓华是打算看几章《鲁滨孙漂流记》再睡的，可刚看了几页，就迷迷糊糊地在同学们的嬉笑欢闹声中睡着了。

等晓华再醒来的时候，已是黎明。不过，他没听见外面的鸡叫声，倒是听见了马路上车辆飞驰的声音。爷爷已经起床了吧，晓华想起了爷爷，他这会儿大概在放鸭子出圈。

上午，冬令营的活动安排是徒步10公里。老师带着队员们浩浩荡荡从市区出发，顺着河边的小路走，一路走到了郊区，之后再原路返回。

下午，继续进行足球训练。

到了晚上，宿舍里一片欢腾，虽然每天的训练很累，但为了自己热爱的运动付出，大家都累并快乐着。

“我从来没走过这么远的路，脚上都磨出泡了。”

“大牛，你踢球真厉害，今天又排第一。”

“晓华，你那个左上角的任意球好酷，那个角度，我好难防。”

“等我升到六年级，我就要竞选学校足球队的队长。”

小组的五位同学中，大牛的技术最好，参加比赛的次数也多；冬冬最高，身体也强壮，两手都能侧平举 5 升的桶装水；成成最小，也最爱笑，像顽皮的风一样灵活地穿梭在球场上；乐乐的梦想是当守门员，他喜欢扑住球的感觉。

这会儿大家都懒懒地躺在了床上，东一句，西一句地聊着天，虽然有些疲乏，但谁也不想停下来。

晓华还有点兴奋呢，因为明天爸妈就要回家了，晓华差不多一年没见到父母了，真想念他们。晓华想着这事情，也就顾不上说话了。

晓华没怎么搭话，大家以为他睡着了。

“睡吧，早点睡吧，明天还有训练呢。”大牛说，“晓华都睡着了，我们也睡吧。”

在这里，球踢得好，说话就有威信。刚准备说话的同学，就此打住不说了。也许是真的困了。没有了说话声，房间一下子变得安静了，世界仿佛停顿了下来。

晓华想着自己的心事，等他的思绪再回到这里时，听到的是轻轻的呼噜声。当专业运动员，真不是一件容易的事情，平时的训练要流多少的汗水啊，晓华默默地感慨。

“乐乐，我要进球。”

是大牛的声音！

“我给你……买……汽水……喝。”

还是大牛，他声音不大，断断续续地说。

大牛是在说梦话呢。晓华过了一会儿才反应了过来，要不然怎么没听见乐乐回他。

“盐汽水……好……喝，喝……”大牛还在嘀嘀咕咕。

乐乐早已沉入梦乡了。

晓华心里一惊，自己这样算是偷听吗？

应该不算，因为大牛是在说梦话。更让晓华吃惊的是，大牛把进球看得这么重，不过，踢球要靠自己

的本事，可不能“贿赂”守门员吧。

窗外的风呼啸而过，大树发出了呼啦啦的声音。外面的世界在风中摇晃着、震颤着，要变天了呢。

晓华默默许了个愿，明天不要下雨，不然的话，爸妈下车后就要走一段泥泞的路了……渐渐地，晓华睡着了，梦见爸妈回家了。

下雪了，纷纷扬扬的雪在空中飞舞，大树的枝条上落满了雪，地上也积了一层薄薄的雪，整个世界一片雪白。

下雪了，世界静悄悄的。大家站在宿舍门口看雪，冰天雪地的世界真像是个童话王国，他们都不忍心去操场上踩雪，好像几个脚印就会破坏这安静的美丽。

下雪比下雨好，爸妈回家不会太麻烦。傍晚的时候，爷爷一定早早就在路边等着爸妈了。等爸妈回到家后，他们就要一起等着晓华回家了。以前都是自己在家等爸妈回家，这次换作爸妈等自己回家。想到这儿，晓华心头涌出了幸福感，有家，真好。

天气原因，今天的训练都安排在了室内体育馆。上午，王教练带领大家做了些辅助练习。结束的时候，王教练说，下午的定点射门练习照常。

午休起来后，晓华无意中看见乐乐在喝盐汽水，他突然想到了大牛昨晚的梦话，是大牛给乐乐的吗？大牛那梦话难道不是梦话是真话？大牛真的“贿赂”乐乐了吗？

大家往室内训练馆走去，一路上，晓华一直在胡思乱想，唉，大牛踢得已经很好了，何必要这样做呢……

但等到脚一碰到足球，晓华就把那些猜想抛在了脑后，他的心里只有足球。

大家围着足球奔跑着、前进着，足球真神奇，它吸引着一切，又向外绵绵不断地传递着力量。王教练让大家做些禁区里的传球训练，在禁区的传球非常重要，能在比赛中制造出威胁来，让对手防不胜防。

最后，自然是老规矩——定点射门。

到今天为止，小组里保持第一的，仍然是大牛。成成第二，晓华第三，冬冬第四。

晓华今天第一个上场，发挥不错，只丢了一球。

成成第二个上场，丢了两球，那两球都踢得太正，直接送进乐乐怀里了。

接着轮到了大牛，当大牛往那一站，晓华想到了昨晚大牛的梦话，心突然一紧。

乐乐守得很认真，他炯炯有神地盯着前方，盯着大牛脚下的足球，他灵活又主动，在该出手的时候果断出手了。

大牛的两个球都被扑住了。一个是缺少力量，影响了速度；一个是角度太正。失了两球，大牛有点郁闷，他没有马上归队，而是稍微离大家远了一点，默默注视着球门。

晓华为乐乐鼓掌，乐乐真是好样的！

最后上场的冬冬，今天也只丢了两球。

晚上，能远远看见高楼里一个个亮灯的房间，晓华看着那淡淡的橘色光芒，似乎散发着家的温馨气息，他有点想家了。

爸妈应该是傍晚到家的，那时雪已经停了。晓华想象着爸妈回家的场景，他们在暮色四合时回到家，家里立刻就充满了生机，连桌子、椅子也似乎在微微低语。爷爷这会儿应该坐在他的老藤椅上，幸福地看着眼前的一切，一直在笑。晓华真想自己也在家，能分享这一幕的幸福……

乐乐拿起瓶子喝了一口，然后对大牛说：“盐汽水味道不错，谢谢你。”

大牛笑得很灿烂，拍了下乐乐肩膀：“生活中不能缺少盐，喝了盐汽水，防守更严密。”

“原来如此，”晓华忍不住插了话，“原来如此，我差点误会你们俩了，哈哈！”

大牛和乐乐一愣，到底是怎么一回事？晓华就把听到的梦话和盐汽水的事情讲了一遍，大牛和乐乐笑得前仰后合，冬冬和成成更是笑得要飞起来了。

乐乐笑够了，才说：“晓华，你不知道，这是我第一次喝盐汽水，我们那里没有卖盐汽水的。大牛和我打赌，说要是我能守住他一个球，就请我喝盐汽水，结果我赢了。记得吗？前天，我扑住了大牛的一个地滚球。”

这听上去真有劲！

成成说，明天也要自己和自己打个赌，如果踢得比今天好，就买盐汽水奖励自己。

最后一天，大家都带着盐汽水。

王教练不解地看着这个小组，说：“你们怎么喝起了盐汽水。”

晓华大胆地问：“王教练，你看我们是不是比刚来时踢得好一点点，有进步了？”

“你们每个人都有进步。”王教练说完，又补充道，“回去后，别忘记空余时间多加练习。”

“所以盐汽水发挥了作用呢，”大牛笑着说，“放心吧，王教练，我们回去后也会练习的。”

今天的练习，是这几天里最轻松的一次。大家都以为这是王教练特别安排的，让大家在最后一天轻松点。可谁也没料到，在练习结束后，王教练把所有的队员分成了两个小组，让大家进行一场实战，队员们轮流上场踢。

这样的冬令营收尾真够分量。

晓华是第二批上场的队员。于是，他安心地坐在场地边，观看场上的比赛。短短的五天，他跟着王教练学会了一些新的动作、技术和战术，晓华也知道这些还要回家慢慢消化和练习，否则就是纸上谈兵了。更为神奇的是，晓华感觉有一种新的力量在心中升起，他渴望在比赛中进球，渴望代表黎明小学在比赛中走得更远。

场上的队员们都在积极拼抢，努力运球，延长控球时间，费尽心思把球往球门、往队友脚下送。乐乐是第一批上场的守门员，到现在为止，还没有失球。另一个队的守门员田田，没能防住大牛的进球。这个进球还要归功于成成的一记妙传，大牛才有了最佳的射门位置。

轮到晓华上场了。

晓华想要突破自己，要是能在黎明小学之外的赛场上进球，那该多好啊。晓华踢的是右边锋的位置，他不能只等着射门，有时还要回到中场，进行回防或衔接。

晓华现在就遇到问题了。因为队伍是临时组合的，晓华摸不清队友的优势和劣势。同属一支队的球员因为接触不多、配合较少导致合作并不顺利。大家都各踢各的，忘记了在足球比赛中，配合协作是多么重要了。晓华没有得到什么传球，自己也没能制造出机会，空空地跑来跑去，直到比赛快要结束时，他才有效助攻队友踢进了一粒进球。

等王教练用哨声宣布比赛结束时，足球正在晓华的脚下，晓华准备带球突破……

冬令营就这样划上了句点，晓华有些微微的失落。

第十二章　进　球

乡村的春天来得特别显眼，眼看着河边的柳树就朦朦胧胧绿了，远远看过去，像淡淡的绿雾停在了树上。风吹过时，大片大片的庄稼地绿波荡漾，绵绵不绝。金黄金黄的油菜花地，亮得耀眼，仿佛太阳在这片土地上作过画……春天来了，大地焕然一新，到处都是亮晶晶的。

晓华家的菜园子更是热闹，韭菜和蒜苗仿佛见风就长，一天一个样。晓华家的田埂上，蒲公英开放了，像一朵朵小太阳，踮着脚尖，到处跳着、跑着、玩着。就连水泥路边的石缝间，小草也蹦出来了。春天来了，花草积蓄了一冬的力量，一刻不停地努力生长，晓华看见到处都是新鲜和灿烂。

就在这样的美好春光中，另一件美好的事情也来了——市里要举行春季足球比赛了。

可是听到这个消息，大家却有些忧心忡忡。

学校还会派足球队出去比赛吗？

老师们会不会觉得足球队应该再多加练习，下次再去参加?

不仅晓华这样担心，其他队员们也有这种想法。的确，没有实力而去比赛，意义不大。但如果不去比赛，又不能锻炼队伍。

校长在周一升旗仪式上的讲话，彻底打消了大家的顾虑。

“春季足球比赛，我们黎明小学要参加，喜欢踢足球是件好事情，想要踢得好，就得在实战中锻炼。不要怕输，体育比赛总是有输赢，输了没关系，关键是要有赢的斗志。斗志从哪里来？当然是从你们平时的训练中来。我们的足球队要加油！”

今天放学后，校长特意来看足球队的训练。

“校长就是来看看，”李老师说，“大家该怎么练习还是怎么练习，该怎么踢就怎么踢。”

校长微笑地看着练习的队员们，时不时地竖起大拇指，给眼前的队员鼓劲。校长虽然年纪大了，但一颗热爱教育事业的心有力地支持着他，这让他目光清澈，精神饱满，身体也比同龄的人看上去硬朗些，整个人显得很年轻。

晓华特意朝校长微笑致敬，因为晓华打心眼里佩服这位校长：他不会在球队输掉比赛后说讽刺的话，他不会打击学生的信心以抬高自己的威望，他不会因球队输球而停止支持。他总是选择信任、选择鼓励、选择出发。这样的校长让人由衷敬佩，不是吗？

可惜，上初中后，就要离开这位校长了。

晓华心想，向校长致敬的最好方式，并不是礼貌微笑，而是在比赛中进球。这样，让校长感觉到他的积极鼓励能带来好的结果，让校长坚信他的做法能够引导学生的成长。没有什么比进球更直观和有效了。

晓华自冬令营回来后，把王教练的一些做法和李老师交流了，李老师觉得有些方法可以借鉴，于是，就用到了现在的训练中。比如，从前没有使用其他辅助的训练来提高队员的耐力。上次参加比赛，也暴露出队员们耐力不足的问题。现在，李老师决定，每星期安排一次长跑，训练一下队员们的耐力。

比赛的地点没变，还在上次比赛的那所中学。

“冲击波”不能上场了。这次，晓华是队长，他将带领黎明小学的队员们去赛场上拼搏。

晓华本来是想竞争队长的，可“冲击波”受伤后，晓华就放弃了这个想法，他不忍心接替“冲击波”的指挥。因为这会让“冲击波”感到失落。可是，球场上不能没有核心，大家一致推选晓华，觉得晓华球技好，而且善于组织，能产生凝聚力。李老师也说，“冲击波”也一定希望球队能踢得更好，走得更远，所以，晓华接受队长这一职，意义重大。

晓华终于抛开了顾虑。

晓华带上队长标志的那一刻，心中油然升起了一种责任感。现在自己是一队之长了，一定要肩负起这个职责。

这次抽签分到的小组里，有实力很强的光明小学，他们是上届的季军。还有上次同组的向阳小学。另外的两所学校是蒲家湾小学和魏家坝小学，他们的足球队成立时间也不长，只比黎明小学早了两年，他们和黎明小学一样，都是乡镇小学，学校没有足球场，都是踢山野足球的。

这次和黎明小学首场对战的是蒲家湾小学。

蒲家湾小学的实力和风格，一时让人摸不清。但他们的队长威风凛凛。队长也是踢前锋的，不过，这次阵型上把他安排在了中场的位置，他们的队员叫他“豹子”，可以预料他的奔跑速度一定惊人。果然，一个长传球远远而来，晓华和“豹子”都朝那边奔去。晓华没想到，细胳膊细腿的“豹子”，跑得那么快，脚下如同踩上了风火轮。晓华自然不甘落后，远远看上去，他们像并驾齐驱的战马……虽然，球被前来救援的队员带走了，可两位队长的速度已经暗暗较量过了。

虽然没分输赢，但这是他们遇到的一次强有力的挑战！谁都没想到，对面的男孩这么厉害。

接替“冲击波”位置的是李波，大家都叫他“电波”。保留这个“波”，也是不想遗忘“冲击波”，有“波”在，仿佛“冲击波”的力量还在。“电波”也很灵活，球在脚下，左盘一下，右盘一下，居然就晃过了对方。那边的“松树”赶紧飞速跟上，准备在时机恰当的时候打个配合。

黎明小学的队员们，显得比上次成熟些了，他们拿到球后，不再那么激动，也不那么急躁了，他们变得沉稳了，知道该怎么去周旋，去迂回前进……

最终，黎明小学和蒲家湾小学打成了平手。

和光明小学的对战是一场硬战。

光明小学不愧是上届季军，几脚球一传一踢，就显示出了强劲的实力。他们整体配合得好，每个个体都融入到了团队中，战斗力凝聚在一起，威力巨大。

开场到现在的大部分时间里，光明小学都牢牢地把足球控制在自己的脚下……

晓华抢到了球，迅速做了个人球分过，甩开对手，然后再猛地追上球。追到球后，使劲一踢将球转移给了“电波”。

现在，球又回到了黎明小学的脚下。

晓华回到了前锋的位置，在禁区附近活动着，期待临门一脚的机会。他也随时准备起穿针引线的作用，传给队友一记妙球。

球，在黎明小学队员的脚下传来传去，突然，“铁柱子”一脚把球传到了晓华的前方，原本这球是打算传给晓华的，但无奈的是，球传得离晓华有一点远。

晓华奋力向球冲去，就在够着球的前一秒钟，球滚出了边线……

唉，一个机会白白地丢掉了。

不过，晓华仍然朝“铁柱子”挥了挥手，那意思是，没关系，我们下次配合得再稳点。

对方发球，后卫接过了球，迅速大脚开出，传给了他们中场的队友，黎明小学的队员们立刻快速跟进，回到防守阵型。可情况瞬息万变，球被“大鸟”截住了。黎明小学又赶紧从防守转为了进攻……

足球场上的种种变化，不可预见，不会重复，充满了戏剧张力。这也要求赛场上的队员们必须保持高度的注意力，寻找一切机会，创造峰回路转的可能。

球传到了晓华的脚下，立刻就有两个队员上来夹击，对方了解晓华的实力，所以，想办法制造难度，不给晓华太多的机会。可是，晓华带球冲破了他俩的防守。眼前就剩另外两个阻挡晓华进攻的了，晓华已经到禁区了，防守队员，包括守门员都小心翼翼的，谁都不敢轻易犯规。当然，他们作为防守一方，比晓华要更小心些，因为一旦犯规，就可能会被罚点球。

晓华一个假动作，晃过了一位防守队员，紧接着，一个快速转身，摆脱了另一位防守队员。虽然晓华的身体有些斜了，但平衡和重心都还在，与此同时，守门员已经没有更好的封杀角度了，晓华面对的是几乎无人防守的大门。

晓华起脚了，球朝着大门的左上角飞奔而去。

那真是一条美丽的弧线。

守门员和球失之交臂，只能眼看着球射进了大门。

站在场地边的李老师看见了，开心得蹦了起来，嘴里还喊着：“好球！好球！”

黎明小学的队员们也都朝晓华跑去。

这是一个值得好好庆祝的时刻！黎明小学进球了！

晓华终于踢出了自己比赛中的第一粒进球！

黎明小学的队员们纷纷迎上前去，和晓华击掌庆贺，接着，他们肩并肩聚在一起，分享这胜利的时刻。

晓华穿坏了三双球鞋，踢破了两个足球，参加了无数次的训练，才迎来了这一刻的精彩！

丢球后的光明小学在接下来的比赛中发起了猛烈的进攻。没错，他们的斗志本来就昂扬，现在就更加迫切地想扳回比分了。他们要拼尽全力，捍卫季军的尊严。

对方射门了，踢出了球……可是，就在那么一瞬间，球碰到了晓华的右手！

“手球！手球！你犯规了！”对方喊了起来。

这一队一边喊一边跑了过来。晓华的队友，都无可奈何地看着晓华。唉，手球也是无意，怎么能责备晓华呢？！黎明小学也只好自认倒霉。

裁判判了点球。

晓华回忆刚才的瞬间，自己抬手的动作绝对是无意识的，或者说，自己都没有意识到自己抬手了，直到球碰着了手。晓华知道，赛场上，要尊重裁判的判罚。

对方轻松地把球踢进了球门。

这个踢进的点球，并没有削弱黎明小学的信心，反而激发了队员们新一轮的斗志。黎明小学越战越勇，一有机会，就发起防守反击。他们凝聚在一起，气势

10
7

锐不可当，也许是他们每个人都感觉到判罚有点重，不能让队长晓华来承担这一切，都想办法来分担这种压力，而最好的方式就是进球。有了这样的心理，每个人都焕发出内心深处那个斗志昂扬的“超我”来。队友在场上变得龙腾虎跃，晓华明显地感觉到了，守门员虎子也感受到了，场边的李老师露出了欣慰的笑容。

大家合力为晓华创造机会。

晓华得到了“飞毛腿”从左路传来的球，他展露出“闪电侠”的速度，带球一路狂奔，闯过了对方的中场阻截，又绕过了两名防守队员，直朝禁区而去，守门员出来了，晓华做了个假动作，晃开了守门员，轻轻把球拨给了射门机会更好的高松。只见高松对着空门，起脚射门，球进了！

球网抖动着，那是激动的颤抖。不想输的孩子们，终于再次迎来了进球。

剩下的时间不多了，光明小学开始了强攻，他们渴望再塑辉煌。黎明小学深知顽强拼搏到最后一刻才是胜利。接下来的几分钟里，场上的竞争激烈，仿佛连空气都在冒汗，你看不出哪个队员筋疲力尽了，看不出哪个队员在偷懒，一个个都生龙活虎的，踢到最后还能这样拼，一定是一颗顽强的心在支撑着他们战斗！

哨声响起，比赛结束。

你如果在现场，一定也会为双方队员鼓掌的。

最后，黎明小学进入到下一轮的淘汰赛。

淘汰赛是更为激烈的比赛，是实力与实力的对决，也是意志与意志的较量。每支球队都拼尽了全力，当然，比赛就该拼尽全力，这也是比赛双方彼此表达尊重的一种方式。

后来的赛事，不知你是否猜想到了，黎明小学凭着坚持不懈的斗志和实力，当然，还有那么一点点好运气，最终夺得了亚军！这次比赛有九支球队参赛，比上次比赛还多了三支球队呢。

比赛全部结束的那天晚上，李老师请大家吃了鲜奶蛋糕。蛋糕是在市里最有名的蛋糕店里买的，据说很贵，可李老师说买得值。香香的蛋糕，欢畅的心，少年们应有尽有！

晓华把这一切都写进了自己的日记。

等李怡然跟着爸妈回老家过年时，晓华打算把获奖证书拿给李怡然看看。让她知道，自己的足球是越踢越好了，她写在明信片上的祝福还真有用。

第十三章　晓华想要赢

午睡起床后，晓华想去球场再练练点球。他和爷爷打好招呼，就拎着足球出了门。

再过几天，晓华就要去市里上学了。

晓华被市里的学校特招了，那是一种荣誉，也是一种责任。自己作为黎明小学的代表，要给学校增光。以后还会有机会代表市里去省里踢比赛，也要给所在的城市增光。也许，长大后，还能代表国家出去踢比赛，到时要为国增光。晓华想到这，自己不由得笑了，笑自己想得太远了，还是先把眼前的事情做好吧。爷爷也常说，春天不播种，秋天没收获。

路边的柳树，在骄阳的照射下，纷纷卷起了叶子。等到太阳落山时，它们就可以好好喘口气了。

晓华往足球场走去，山路蜿蜒曲折，清脆的蝉鸣声，不时从路边几年前栽下的杨树里传出来。杨树长得真快！刚栽下时也就晓华这么高，现在已远远超过晓华了。一阵风从山谷迎面吹来，夹带着微微的凉意，晓华深深地吸了一口，原来，热的时候才更能感受到清凉的滋味。

晓华欣赏那些刻苦练习而有所成就的体育明星。晓华把姚明说的那句“努力不一定成功，但放弃一定失败”抄写在了笔记本上，时时刻刻提醒自己不忘努力。

晓华也知道贝克汉姆的故事。贝克汉姆的任意球，总是给足球比赛带来美妙的瞬间，让无数的球迷为之叹服。

贝克汉姆辉煌的一刻，来自刻苦的自我训练。从少年时代起，贝克汉姆就苦练任意球。每次训练结束后，他给自己加任务，让自己再多练习一些。到了曼联队后，这种自我练习更成为他的日常。就是这样，经过一天一天的积累和坚持，数万次的认真练习，贝克汉姆才最终踢出了精准的任意球。

晓华还了解到克里斯蒂亚诺·罗纳尔多的自律，他从不喝酒和饮料，只喝矿泉水。他有自己的生物钟，他的训练从来都是风雨无阻，并且十几年如一日地坚持着这样的自律。当晓华在网上看到这些时，他知道了，想成为一名优秀的运动员，绝不是轻轻松松的事情！

据说，罗纳尔多在曼联效力时，每天最少花一个小时来锻炼腰腹肌肉，转会皇马之后更加刻苦，每天做上千个仰卧起坐。正是因为他把自律和坚持发挥到了极致，才拥有了比一般运动员更健壮的体格。罗纳尔多的体脂率为 7%，肌肉含量为 50%，要知道，运动员的体脂率通常在 10% 左右，肌肉含量通常很难超过 46%。罗纳尔多说过："值得拥有的东西，永远都来之不易。"晓华觉得他说得太有道理了。

而 NBA 超级巨星科比，更是让晓华打心眼里佩服。

自从进入 NBA，科比长期坚持早晨四点起床练球，每天都要投进一千个球才算结束。因此，当有记者问科比为什么能那么成功时，科比反问道，你知道洛杉矶早晨四点的样子吗？记者摇头。科比说，我知道洛杉矶每天早晨四点的样子。正是科比持之以恒的练习，才成就了他在篮球场上的伟大传奇。

晓华把这些名人故事和名言抄在笔记本上，并贴在床头的墙上。每每看上一眼，晓华的心中就充满了力量和奋斗的激情。

前面再拐个弯就到了练习点球的地方。

晓华突然想到，没有守门员，怎么练习点球呢？这里也没有网，使劲一踢，球就会飞得很远。

没有什么能难倒晓华！像李老师在围墙上分区那样，自己可以对着山坡踢，让山坡来当守门员。

晓华想着自己也要练出个名堂来，像贝克汉姆、罗纳尔多那样，到球场上就可以好好施展威力。暑假过后，自己要去的中学，是一所有着足球特色的学校，以后自己还要代表学校去踢球，一定要练出过硬的本领，才能多赢几场比赛。

晓华的心里灿烂明亮，他甚至还感觉到有几只蝴蝶在心间飞来飞去，微风吹过片片稻田，绿色的麦浪向着远方荡漾开去……如果长有翅膀，晓华一定朝前飞去了。

这块野地足球训练场，陪伴了晓华三个暑假和四个寒假，今天，晓华再看时，竟感觉它变小了一些。哗哗流淌的河水变小了，远处的青山似乎更近了，山坡也没有那么巨大了。

不，河水还是哗哗流淌着，歌唱着，声音甚至比以前更大呢。远处的重重青山，一到夏天就绿意盎然，犹如美丽的巨幅天然壁画。山坡依旧紧紧依偎在大山的脚下。

野地足球训练场没有变化，是晓华长大了。

晓华一脚踢过去，球飞向了空中，朝着山坡而去……

“哈哈哈哈！”一阵笑声传来，“晓华，我们来和你一起踢，等你多时了。”

足球被“飞毛腿”接住了。

接着，“松树”和“大鸟”也从大树背后跳了出来。

“你们怎么来了？”晓华一边开心地朝他们跑去，一边大声地问。晓华好长时间没见到足球队的同学了，没想到他们以这种出乎意料的方式出现了，真是让人惊喜。

“等开学了，你去市里上学，”“大鸟”说，“我们就很难再在一起踢球了，今天，我们就痛痛快快再来踢一场吧。”

晓华和“大鸟”一组，“松树”和“飞毛腿”一组。“大鸟”把球往空中一抛，比赛就此开始了。

足球飞驰着，少年的心飞奔着。

目标如此清晰，一路勇往直前，在一次次成功的突破后，把球踢进球门里。这就好像一个人不停地越过障碍，越过一道又一道障碍后，最终实现了目标。这个过程像是一个魔术，每个人都是魔术的参与者，这样的感觉真是神奇。

晓华几乎赶上了风，“大鸟”随时展翅起飞，“松树”巨人般的阻挡，“飞毛腿”旋风般前进。大家都亮出了自己的绝活。他们的脸上闪着光，心中流淌着欢快的歌。

等大家停下来休息时，已是黄昏了。

知了一声声高唱着夏天，绿叶在微风中轻轻摆动，太阳向着青山渐渐沉去，天边有一种奇特的红紫色，云霞深处仿佛另有一片天地。

愉快的时光总是过得很快，少年们走在了回家的路上。

晓华和他们约好了，开学后，只要自己周末回来，就去找他们踢球。如果自己学到了新球技，一定会展示给他们看……

（完）

后记

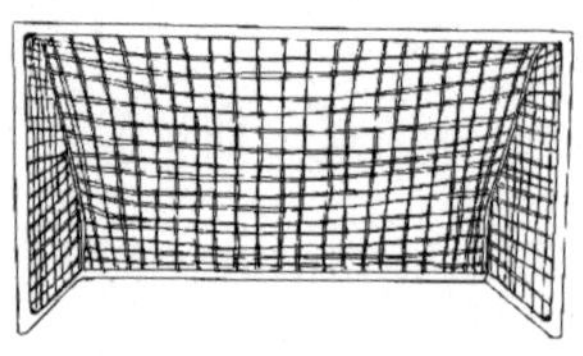

追逐梦想的少年故事

魏　捷

三年前，一个阳光明丽的秋日中午，编辑朋友约我参与一套“家书”的写作，写一个“美德少年”的故事。

我常常停顿在“儿童”“少年”“青年”上，这些词语，蕴藏着极大的可能性，它们的未来是开放的，有无数的可能性在等待着。它们也代表着生命中最富想象力的年华。我曾经在一首诗中这样写道：“我有一个 / 未完成的星空 / 我有一个 / 未完成的内心世界 / 像已经开了头的故事那样 / 寻找着—— / 自己的情节。”

是的，“少年”深深吸引了我。

编辑还很明确地告诉我，我需要写的是一个“足球小子”的故事，并同时把纪实材料发给了我。我心下一惊，我喜欢自由地写作，何必接受这样的束缚……我立刻打开了材料，我发现它们像新闻简报，留给我的空间是郁郁葱葱的。

我父母曾经都在体育运动学校工作，我妈妈是文化课老师，我爸爸是举重教练。我从小是在体育大院里长大的，样样运动我几乎都参加过。我的哥哥弟弟，更是爱踢足球，他们的课余时光都和足球捆绑在一起，热烈而快乐！

我欣然接受了这份写作的邀约。

在一个少年身上，最动人的力量是什么？

我想是他心中有爱以及积极追梦。对家人和周围人的爱，让少年成为一个温暖的人，而积极追求梦想，让少年成为一个向上生长的人。在我们的生活中，多少的少年，都是这样的！我想，我要在这个故事里，写出少年心里的那团簇拥着的爱火，和眼睛里闪烁的星光。

故事的主人公晓华，是一位阳光而敏感的少年，他和爷爷生活在乡下。为了生活，他的爸妈远走他乡忙碌工作，但距离并不影响爱的传递，每个周末，晓华都和父母有温馨的电话交流，而父母春节回家时，总带给晓华一份精心准备的新年礼物；爷爷生病后，晓华悉心照顾……晓华一家彼此牵挂和体贴，爱在家人间静静地流淌着，爱也让平凡的日子变得灿烂。晓华在亲情的滋养下，心地善良而温暖。

推动小说情节发展的，当然是“足球”！晓华是足球小子，课余时间里，他最喜欢踢足球，因为心中有梦想，他才不畏惧任何困难和挑战，勇敢地追逐自己的梦想。在小说的情节设置上，围绕“足球”，我设置了艰苦的训练、充满悬念的比赛，以及夹杂在中间的“约定”“选队长”“冬令营”等章节，读者也会感叹——踢进的每一个球，都太不容易了！这些设置，让故事变得一波三折，这是小说特有的丰富与磅礴。《晓华想要赢》，这个“赢”不是结果，不是输赢，而是为梦想去努力去奋斗的昂扬斗志。

我细细道来的这个故事，是主人公“向着明亮那方”自我追寻的成长记事，我希望读者可以读到晓华那些自心底而生的爱和梦想的力量。

走进晓华的故事，感受少年的心。看一个少年在面对友谊和亲情、挫折与成功、梦想与行动等的考验时，会有怎样的人生体验和思考。

也许，年长的大读者们，当你们掩卷而思，借晓华回味自己的少年时代，会有颇多感触，少年追梦真是一段幸福时光啊！曾经的苦如今回想起来也是甜的呢。而正当少年的读者们，我希望你们像晓华那样，学会倾听自己内心的声音，勇敢追逐自己的梦想，生命的成长就是这样一步步寻找自我的过程，这也将是每个人人生中最重要、最美好的篇章。

感谢我的父母，他们对体育事业的执着与付出，让我深深感动。我爸爸曾被评为“全国优秀体育教练”，那是怎样的一份荣誉，沉甸甸的。它是我们家的一面旗帜，光荣飘扬。

感谢我的哥哥和弟弟，他们对足球的热爱，他们曾经青春的勃勃英姿，都给了我最好的写作养料。直到今天，他们还爱着足球，我哥哥还特别集结了球友，组建了业余足球队，周末常常踢球。

感谢我的孩子，他虽然偏爱篮球，但学校的体育老师选中了他，训练他当足球队的守门员，他还曾代表学校参加比赛。他给我画图，讲解足球比赛时的战术、规则等等，帮助我提升写作的“专业”性。

感谢为这本书画插图的马新阶，他的画质朴深厚、情真意切。

也感谢所有为这本书的出版而默默辛勤工作的人！

最后，我要感谢亲爱的读者，你。

我相信“晓华”会成为你的朋友，和他一起勇敢闯天下吧。